義妹を愛しすぎた天才脳外科医は、秘めた熱情を一滴残さず注ぎ尽くす

m a r m a l a d e b u n k o

伊月ジュイ

マーマレード文庫

目次

義妹を愛しすぎた天才脳外科医は、秘めた熱情を一滴残さず注ぎ尽くす

義妹を愛しすぎた天才脳外科医は、秘めた熱情を一滴残さず注ぎ尽くす

第一章　義兄が私に甘すぎる

十二月二十四日の夜。クリスマスで賑わう街には目もくれず、私は家路を急いだ。

大好きな人に会えるこの日が、待ち遠しくて仕方がなかったのだ。

とはいえ、デートというわけではない。

服装も普段通り。タートルネックのセーターにもこもこのダウンジャケット。ボトムはロングスカートにミドルブーツ、中には分厚いタイツを穿いている。

先輩はいつも通りの格好をしている私を見て「クリスマスなのにデートの予定はなさそうね」と苦笑していたけれど、当の私は今、デートと同じくらい浮かれている。

自宅は閑静な高級住宅街――と言えば聞こえはいいけれど、女性が夜、ひとり歩きするには少々物騒な場所にある。

とくに駅前の大通りと自宅を繋ぐ裏路地は、街灯も人通りも少なく暗く寂しい。

加えてこの道にはいい思い出がない。急いで通り過ぎようと足を速めた、そのとき。

「千紗ちゃん……」

「ひゃあっ」

突然低い声で名前を呼ばれ飛び上がる。声の方に振り向くと、スーツを着た細身の男性が、曲がり角の陰からこちらをじっと覗いていた。

「ええと、小林さん？」

彼は同じ会社に勤める小林さん。突然呼び止められて驚いたのはもちろんだけど、下の名前で呼ばれたことにもびっくりした。

開発部に所属する彼と総務部にいる私とじゃ接点も少なく、事務的なやり取りしかした覚えがない。名前を呼び合うほど親しくはないのだけれど……。

「あの、どうしてここに？」

「ち、千紗ちゃんが、僕のこと好きみたいだったから……ふ、ふたりきりになれる場所で待ってたんだ」

え、と答えに詰まる。首を傾げる私とは反対に、彼はうっとりと語り始めた。

「千紗ちゃんは、毎日僕に笑顔で話しかけてくれるでしょ？」

「毎日……ですか？」

「『おはようございます』とか『お疲れ様です』って」

それは話しかけるというよりは、ただの挨拶では……？

戸惑っていると、小林さんがじりじりとこちらに距離を詰めてきた。

「それに、僕のことずっと見つめてるから。たくさん目が合うし」

なにか誤解があるような……？

私は首を横に振りながら「いえ、そんなことは……」と弁明しようとした。

しかし、小林さんは聞く耳を持たず、一方的に話を続ける。

「きょ、今日はクリスマスだし、うちで過ごそうよ……ケーキも買ってあるから」

そう言っておずおずと手を差し出してくる。

せっかくのお誘いではあるけれど、急に言われても困ってしまう。このあと大事な予定があるのだ。

彼がどうして私を誘うのかもよくわからない。会話もどこかかみ合わない。

なにか根本的なところですれ違っている気がして、私は一歩、二歩と後ずさった。

「あのっごめんなさい、私、そろそろ帰らないと」

不穏な空気を感じ取り距離を置こうとすると、「待って」と強い力で腕を掴まれた。

「痛っ」

ダウンジャケットの上からでも痛みを感じるほどの握力。振り払おうとしてもびくともしない。

「バ、バッグでも、服でも、なんでも好きなもの買ってあげるよっ！　だから、僕と一緒に来て……！」

目を血走らせる小林さんを見て、恐怖がフラッシュバックした。

この道にいい思い出はない——その理由は、何度も男性に待ち伏せされたからだ。

初めて恐ろしい目に遭ったのは大学生のとき。毎日携帯端末の履歴を埋め尽くすほど着信が来て、挙げ句この道で襲われた。

収まったかと思えば、今度は別の人から付きまとわれた。彼らは、だいたいこの路地で私がひとりになる瞬間を狙って接触してくる。

「やめてください、痛いです！」

「なんで逃げようとするんだよ！　僕のこと、見てたでしょ⁉」

小林さんが腕を振り上げる。殴られる、そう直感し目をぎゅっと瞑ったとき。

「いい加減にしろ」

低い声が響くと同時に、「ぎゃぁぁ！」という悲鳴が上がった。

目を開けると、長身の男性が小林さんの腕を捻り上げていた。

頭上にある街灯が男性を照らし出す。スーツの上に上質なロングコートを重ねた品のいい出で立ち。すらりとした長い脚。

涼しげな目もとにスッと通った鼻筋、艶やかな肌、凛々しく引き結ばれた唇。

硬派な漆黒のミディアムヘアと表情の乏しさが相まって、身構えてしまうようなクールイケメンだ。

とはいえ、ピンチに現れて颯爽と助けてくれる様は、まさにヒーロー。

ヒーローといえば正体不明がセオリーだけれど、私はその人物が誰なのかをよく知っていた。

「耀くん！」

まさに会いたかったその人が目の前にいて胸が熱くなる。

耀くんは私に「下がってろ」と警告すると、小林さんの腕の関節を容赦なく、あらぬ方向に捻じ曲げた。

「ひぃぃ！　た、助けて！」

「自分がしたことを棚に上げて、『助けて』とはよく言えたものだ」

耀くんの声は淡々としているが、冷静すぎて逆に怖い。涼しい顔はしているものの、ものすごく怒っているに違いない……。

「これ以上千紗に付きまとうなら、警察に突き出す」

「だって千紗ちゃんは僕が好きなんだ！　毎日目が合うし――」

「お前が四六時中、千紗を見ているから、目が合った気になっただけだろ」

締め上げる力が強まり「こ、ころされる～」という悲鳴が上がった。

痛めつけられている姿はなんだか不憫で、じわじわと同情心が芽生えてくる。

「誤解があっただけみたいだし、そのくらいに……」

止めようとすると、耀くんがこちらを見て目を眇めた。

「千紗は甘い。だからこうして男に付け回されるんだ」

呆れたように言いながら小林さんを道に転がす。起き上がろうとする彼を冷ややかに見下ろし、目で脅した。

「二度と千紗に手を出すな。次はこの程度じゃ済まさない」

どすの利いた声はこちらまでびくりと震え上がるほど。小林さんはひぃっと情けない声を上げて這うように退散した。

耀くんの目からようやく鋭さが消える。

「……まったく。それでお前の方は？　怪我はないか？」

「うん。助けてくれて、ありがとう」

おずおずと見上げると、耀くんは無表情のまま私の頭に手を載せて、くしゃくしゃと髪をかきまぜた。

「無事でよかった」

表情とは裏腹に、発せられた声は想像以上に優しくてドキリとしてしまう。彼はクールに見えてすごく心配性だ。

頭の上にあった手が下りてきて、温かな指先がそっと私の頬を撫でた。その感触にとくんと鼓動が震えて、胸に熱が宿る。

「耀くん？」

気づけば街灯がスポットライトのように、暗闇の中にいる私たちを照らし出していた。ふたりを包み込む甘い空気に、ロマンスを予感し寒さを忘れる。

「千紗」

交わる視線。思わせぶりな沈黙。

これから起こるなにかに期待を寄せた、次の瞬間——。

「ふにゃっ」

彼が思いっきり私の頬っぺたを摘まんで引き伸ばしたから、変な声が漏れた。

甘いムードは吹き飛んだ。いや、そもそもそんなムードなど最初から存在しなかった。私の思い違いだ。

「いはいいはいいはいぃ！」

「どうしてお前は無防備なんだ！　防犯ブザーは？」

「も、持ってたけれど、使う前に耀くんが助けてくれたからっ」

バッグにスタンバイしておいた防犯ブザーを取り出して見せると、彼はクールな表情を歪め、再びはあっと深く息をついた。

「まったくお前は。心配ばかりさせる」

今度はぎゅっと抱き竦められ、情緒がかき乱される。彼の温かな腕に包まれ、予期せず鼓動がバクバク高鳴り出した。

「俺が通りかからなかったら、どうするつもりだったんだ」

「ええと……。小林さんを説得して、今日のところはお家に帰ってもらって——」

「アホ。説得の通じる人間はストーカーにならない」

ぽんぽんと私の頭を撫でて、最後にペインとはたく。乱暴だけど、愛情が込められているのがわかるから文句は言えない。

「しばらく帰り道は、義母さんに車で送り迎えしてもらえ」

「大丈夫、お母さんと電話しながら歩くよ。防犯になるでしょう？」

耀くんはまだ腑に落ちない顔でこちらを見下ろすと、自身が巻いていたグレーのマフラーを解いた。

「本当は、俺がそばにいてやりたいが……」

「過保護すぎだよ」

「……だな」

彼はやるせない声で呟いて、私の首にマフラーを巻き付ける。さりげなく私の手を取って歩き出した。

恋人繋ぎだったらよかったのだけれど、親子がやるようなごく普通の手のひら繋ぎだ。しかも、私はレザーの手袋を着けている。

手袋なんてしていなければよかったのにと少々後悔。直接触れたいけれど、今さら手袋を取るのも変なのであきらめる。

でも――。

「この手袋、冷たいな。オシャレなんてどうでもいいから、もっと温かそうな素材を選べよ」

レザーがひんやりしたのか、私の手袋を奪い取り、直接手を握りしめた。私の手ごと自身のコートのポケットに突っ込む。

ポケットの中は――恋人繋ぎ。

絡まった指先から伝わってくる温もり。なのに彼はこちらを見ようともしない。近くて遠い、そっけない横顔。

相手にそんな意図はないとわかっていてもドキドキしてしまう。

よりにもよって、彼にときめいてしまうなんて。罪の意識からずきんと胸が痛む。

「耀くん。こんなことするから、友だちにシスコンなんて言われちゃうんだよ？」

照れ隠しに言ってみると、呆れたような目がこちらに向いた。

「俺のシスコンを心配するなら、もう少しお前がしっかりしてくれ」

悪態をついてあしらう。そんな冷めた眼差しすら愛おしいと思うなんて、私はどうかしている。

きゅっと唇を引き結び、彼の腕にさりげなくもたれた。妹として行きすぎないように、細心の注意を払いながら。

兄妹といっても、血の繋がりのない義兄妹だ。

とはいえ、二十年近くともに過ごしてきた私たちは家族同然。耀くんも本物の妹だと思ってくれている。

そこに男女の愛は存在しない。なのに。

……兄と過ごせるクリスマスをこんなにも幸せに感じてしまうなんて。

一緒にいるだけでいい。たとえ恋愛に発展しなくても。

罪悪感と愛おしさが胸の奥でバチバチと音を立てて戦っていた。

ふたりで自宅に帰ったあと、両親にことのあらましを説明した。

「千紗ったらまた変な男に追い回されたのね」

母は唖然としながらリビングに七面鳥の丸焼きを運ぶ。今日は久しぶりに家族全員が揃う上、クリスマスということもありご馳走だ。

「困ったものね。モテモテなところは私にそっくりだけど」

母はもうすぐ六十歳になるけれど、見た目も口ぶりも若々しい。

結婚前は証券レディとしてバリバリ働いていたそうだ。その頃の経験を活かし、今でも主婦業の片手間に投資で資産運用している。

「里紗さんは男性に絡まれても上手にかわせるだろう？　千紗ちゃんは優しいから、真面目に向き合っちゃうんだろうなあ」

ダイニングテーブルでワインの栓を開けながらのんびり感想を口にしたのが、耀くんの実父であり私の義父、久峰卓だ。

「優しいなんて言ってる場合じゃない。本当に危なかったんだ」

穏やかな両親たちを睨みながら、耀くんは額に手を当てた。

私はいたたまれなくなって、手伝いをする振りをしてキッチンに逃げ込む。

「偶然俺が通りかかったからよかったものの、そうじゃなければなにをされていたか」

普段はクールな耀くんだが、事件直後なだけに熱がこもっている。私が言うのもなんだけれど、うちの兄は妹に甘く、とても心配症だ。

「確かに心配だな。ストーカーがエスカレートしたら大変だ」

「そうねえ。耀くんは普段はあっちに暮らしているんだし、いつでも守ってもらうわけにはいかないものね」

両親もそう言って肩を竦める。

耀くんはとても忙しい仕事に就いているため、普段は職場の近くに住んでいる。

それでも月に一、二度、時間を見つけて帰省してくれるのは、私が心配だからだそうだ。

「……耀くんが思いっきり睨みを利かせたから、小林さんはもう懲りたと思う」

私の言葉に、三人は胡乱な目をする。全然信用していないって顔だ。

「一番問題なのは、千紗本人に危機意識がないことだ」

「興味のない男にまでいい顔をする必要はないのよ?」

「千紗ちゃんは大人しいから、勘違いされやすいんだろうなあ」

三人に揃ってため息をつかれては、口を閉じるしかない。

食事の準備を終えた母は、ダイニングテーブルに座りながら「それにしても、困ったわ」と頬に手を当てた。

「こんな状態で家を空けるのはねえ、卓さん」

「そうだな。少し考えるとするか」

両親の意味深な会話に、私は眉をひそめながら席につく。

義父はワインを全員のグラスに注ぎながら、穏やかに答えた。

「実は事業を欧州に拡大しようと考えていてね」

義父は大手商社の社長を務めている。私の実父と一緒に立ち上げた会社で、実父が亡くなったあとも、ふたり分の夢を背負って経営を頑張っている。

海外進出はふたりの悲願だ。亡き父も天国で喜んでいるだろう。

「だが、しばらく現地のイギリスに滞在する必要が出てきそうなんだ。まあ、せいぜい二、三カ月になるだろうとは思うけれど」

「じゃあ、しばらく家に私とお母さんしかいなくなるのね」

家に男性がいないのは少々不安だ。かといって、仕事なのだから引き留めるわけにもいかない。

私と母のふたりで気をつけて過ごさないと。そう納得しかけたとき。

「もしかして、義母さんもついていこうとしてた？」

耀くんの指摘にハッとして顔を上げる。

母は目を逸らしながら、「それも考えていたんだけれど……」と言葉を濁す。代わりに義父がやんわりと答えた。

「この大きな家を千紗ちゃんひとりに任せるのも危ないからね。里紗さん、お留守番をお願いできるかい？」

「もちろん。お土産楽しみにしてるわ！　あ、私、欲しいブランドのバッグがあるの」

母がうきうきとハイブランドのバッグを注文し出したところで、私は「待って待って！」と間に割り込んだ。

「お母さん、ヨーロッパに滞在したいって前から言ってたじゃない。お義父さんと一緒に行ってきて。私なら大丈夫よ、もう二十六歳なんだし」

しかし、私の気遣いに水を差したのは耀くんだ。

「俺は反対だ。またいつストーカーが現れるかもわからないのに、ひとり暮らしなんて危険すぎる」

「私も同意見よ。女性ひとりで暮らしているところに、男が押し入ってきたら大変だもの」

義父も穏やかな顔つきで微笑んでいる。きっと母と同じ意見なのだろう。でも——。

「お義父さんとお母さんが離れ離れになるのはよくないと思う」

私はもう大人だ。親に守ってもらわなきゃ生きていけない年齢じゃない。これまで大事に育ててきてもらったからこそ、いい加減母を自由にしてあげたい。

一同沈黙。すると耀くんがサラダを取り分けながら淡々と切り出した。

「……なら、俺が千紗と一緒に暮らす。それなら誰も文句はないだろう」

一同揃って「え？」と間抜けな声を漏らす。

それは無理な話だ。だって——。

「耀、お前、職場の近くにいないとまずいんだろう？　いつ急患の呼び出しがかかるかわからないって……」

私の思ったことを義父が代弁してくれた。

兄の職業は脳神経外科医。

ここから電車で二十分程度離れたところにある礼善（れいぜん）総合病院で働いている。脳外科においてトップレベルの手術数を誇る日本屈指の大病院だ。

いつ緊急手術が入っても駆けつけられるよう、兄は病院から徒歩五分のところにある高層マンションで生活しているのだ。

「この家から通勤するのは無理だろう」

「千紗を俺の家に呼び寄せればいい」

とんでもないことをさらりと言いのけた義兄に、私は「ええ!?」と声を上げる。

私が耀くんの家に居候するってこと?

その横で母は「なるほどね」と納得したように頷いた。

「いいんじゃないかしら」

「お母さん!」

「耀くんなら安心して千紗を任せられるわ。それに耀くんのお家はセキュリティのしっかりしたタワマンなんでしょう? うちにいるよりよっぽど安全よ」

茶目っ気たっぷりに微笑んで同意を求めてくる。私は混乱して、家族の顔をぐるぐると見回した。

子どもの頃、一緒に暮らしていたのとはわけが違う。いい歳の男女がひとつ屋根の下なんて……。

いや、兄妹なのだから問題はない? 動揺しているのは私だけで、義父まで「ふたりがそれでいいなら」と頷き出した。

「千紗も文句はないだろう。義母さんを親父と一緒に行かせてやりたいって言い出したのは、お前なんだから」

「それは……そうだけど」

耀くんの表情からは、迷いや懸念はまったくうかがえない。

両親たちも息子には全幅の信頼を寄せているらしく、異論のひとつも出ない。

「千紗を手もとに置いた方が俺も安心できる」

涼しい顔で私の小皿にサラダを盛る耀くん。

いまいち腑に落ちないものの、ほかに良案がないのは確かだ。

「……耀くんがそれで迷惑じゃないなら」

私が渋々了承すると、母は「じゃあ耀くん。しばらく千紗をお願いね」と軽快にワインを飲み干した。

義父が「里紗さん。飲みすぎないようにね」と二杯目のワインをグラスに注ぐ。

みんななんてことないって顔で乾杯を始めたけれど……本当にこれでいいのかな？

耀くんのプライベートに踏み込んで、邪魔にならない？

私だけが困惑顔のまま、ちびちびとワインに口をつけた。

私の実父と耀くんの父親は学生時代からの友人で、ともに会社を立ち上げたそうだ。大らかで決断力のある耀くんの父が社長になり、細かくて慎重な私の父が副社長を務めたという。会社は大きく成長し、十年と経たず業界屈指の商社となった。

結婚して家庭を持ったふたりは、それぞれ会社からそう遠くない場所に家を建てた。ほどなくして耀くんが生まれ、六年後に私が生まれた。

その後、久峰家は離婚。耀くんは父親とふたり暮らしに。そのせいもあるだろう、耀くんは幼い頃からしっかり者で、私の面倒をよく見てくれていた。

そんな事情もあって、ふた家族合同で過ごす機会は多く、うちの両親は耀くんを実の息子のようにかわいがっていた。

とくに誕生日やクリスマスなどのイベントごとは、我が家でパーティーを開き、耀くんとお父さんをお招きするのが慣習になっていた。

私が五歳、耀くんが十一歳のときだ。我が家で恒例のクリスマスパーティーが開かれた。

楽しみにしていたはずのパーティー、その前日に悲劇は起きた。

飼っていたセキセイインコのミドリちゃんが息を引き取ったのだ。私も耀くんも、とてもかわいがっていたインコだった。

まだ幼かった私は、インコの寿命が人間よりも短いなんて知らなかった。こんなに早く別れが訪れるとは思わなくて、わんわん泣いたのを覚えている。

パーティーの当日。庭の端っこに作ったお墓の前で泣いていると、耀くんがやってきて「もう家に入ろう」と私の肩を叩いた。

夕方になり気温が下がり始め、コートは着ているものの指先はキンと冷えている。このままここにいたら風邪を引く。

しかし、失意の底にいる私はぶんぶんと首を横に振った。

「ミドリちゃん、この土の下にいるの。お家の中じゃ、もう会えない」

「ここにいたって同じだ。死んだらもう会えない」

耀くんの言葉がショックで、私はさらに泣き出してしまった。

耀くんはその頃からクールというか、現実主義者だった。まだ幼くて気を遣えない分、今より物言いが率直で、泣かされることもたびたびあった。

でも私が泣いたあとは、いつも決まって優しく慰めてくれるのだ。

「ミドリちゃんは死んじゃったけど、代わりに俺がそばにいる。千紗が大人になってもずっとそばにいるから」

耀くんの温かくて大きな手が、私の冷えた小さな手を包み込む。耀くんだって子どもなのに、当時の私にはお父さんと同じくらい大きな手に感じられた。

「それにミドリちゃんは幸せだった。ほかの誰に飼われるよりも、千紗と一緒にいられて喜んでた」

「ほんと？」

「うん。ミドリちゃんが涙を流してえんえん泣いているのを見たことがあるか？　今の千紗みたいに」

言われてみれば一度もない。じゃあ、ミドリちゃんは幸せだったんだ！

そもそも動物は悲しんで涙を流したりはしないので、耀くんの優しい嘘なのだけれど、私の涙を止めるには充分な理論だった。

「それに俺、頼まれてるんだ。千紗のお兄ちゃんになってくれって」

両親が耀くんにそうお願いしているのを聞いたことがある。私も耀くんもひとりっ子だから、兄妹のような関係になれるといいねと。

「だから、ずっとそばにいる。兄は妹を守るのが仕事なんだ」

耀くんがポケットからハンカチを取り出して、私の涙を拭いてくれた。これも兄の仕事のひとつなのだろう。

「じゃあ、妹の仕事はなに?」

「妹に仕事なんかない」

「どうして?」

「どうしてって……うーん……」

耀くんは考え込む。自分が与えることを考えても、もらうことは考えてなかったのだろう。

「耀くんは、どんな妹がいい?」

尋ねてみるとさらに首を捻って「かわいい妹、かなあ?」と投げやりに答えた。

私は幼い頭で『かわいい』という単語を熟考する。なにをすればかわいい妹でいられるのか。

ふと両親たちが『かわいいね』と褒めてくれた行動を思い出し、実行することにした。耀くんの頬っぺたに鼻と唇をくっつける。ぷちゅっと愛らしい音が鳴った。

「な、なんだよ!」

耀くんが頬っぺたを押さえて目を丸くする。

「ちゅーすると、ママもパパも『かわいい』って言ってくれる」

「ああ、そういうことか」

耀くんはちょっぴり変な顔で笑って頬をさする。

「でも、それは大好きな人にしかやっちゃいけないやつだ」

「じゃあ、耀くんなら、いい？」

耀くんはさらに悩んだ顔をして、やがてあきらめたかのように頷いた。

「……まあ、俺にならいい。家族みたいなものだし」

「わかった」

もう一度ぷちゅっと鼻を押し付ける。耀くんは「くすぐったいなあ」と困ったように笑って私の手を取った。

「家の中に入ろう。千紗のお母さんがすごいご馳走作ってくれてる」

「うん！」

温かくて頼もしい手に引かれて、私は家の中に入る。

リビングのローテーブルには七面鳥の丸焼きやオードブルが並んでいた。にこにこ顔の両親と、耀くんのお父さんが迎えてくれる。クリスマスパーティーがようやく始まる。

「私、耀くんの隣に座る」

「やだよ。千紗、こぼすもん」

「…………」

「そんな顔するなよ、わかったから。ほら、隣に来いよ」

両親たちがふたりのやり取りを見て苦笑する。母がオードブルを取り分けながら、耀くんに声をかけた。

「ごめんね、いつも千紗がワガママ言って」

「大丈夫です。妹みたいなものだから」

「ありがとう、そう言ってもらえて、とっても頼もしいわ」

ふたりに血の繋がりはないけれど、心の中では紛れもなく兄妹だ。それがあのときの私にとっては誇らしかった。

それからすぐ、父が交通事故に遭った。頭を強く打ち意識が戻らないまま数日が経過した。その間、耀くんが私を何度も励ましてくれたのを覚えている。

しばらくして、父は帰らぬ人となった。

ミドリちゃんの死を経験した直後だったから、今度こそ私は逃げ場のない悲しみに襲われた。絶望に耐えきれず、塞ぎ込んでしまった。

気丈に振る舞っていた母もつらかったに違いない。笑顔ながらも日に日にやつれていくのが私の目から見ても明らかだった。

耀くんのお父さんは最大限、私たちを気遣ってくれた。お通夜や告別式ではなるべく母の手がかからないように取り計らってくれたし、そのあともたびたび家を訪れてはお線香をあげてくれた。

耀くんも毎日のように様子を見に来てくれたけれど、そのときの私は頭がとてもぼんやりしていて、まともな受け答えもできなかったように思う。幼稚園も行ける状態ではなかった。

月日が経ち、再びクリスマスがやってきた。私は母に連れられ耀くんの家へ。飾り付けられたリビング、窓際には大きなツリー。テーブルの上にはオードブルとケーキが並んでいる。

そこで笑顔の三人に囲まれ、こう言われたのだ。「みんなで一緒に暮らそう」と。

母親しかいない私と、父親しかいない耀くん。両親にとっても都合がよかったに違いない。その日から耀くんの父は、私の父になった。

これは私の勝手な予想なのだけれど、母と義父は愛し合っていたわけではなかったと思う。

それでもなぜ再婚に踏み切ったかといえば、私を孤独にさせないためだろう。

義父は親友の忘れ形見である私が塞いでいるのを見て、いても立ってもいられなかったに違いない。あるいは、耀くんにも母親が必要だと考えたのかもしれない。

いずれにせよ、私たちは足りないピースを埋め合うかのように本物の家族となった。

まだ幼く、状況が呑み込めない私に耀くんは言う。

「これからは本物の兄妹、ずっと一緒だ」

その言葉がとても嬉しかったのを覚えている。

私は耀くんの本物の妹になれたのだ。これからはずっと一緒にいられる。

やがてその事実に苦しめられるとは、幼い私には考えもつかなかった。

普段はあまり飲まない耀くんだけれど、今日くらいはと少しだけ乾杯に付き合ってくれた。

とはいえ明日も執刀の予定が入っているそうで、遅くなる前に帰宅するという。私と両親は玄関まで彼を見送った。

「耀くん。体に気をつけてね」

母がそう声をかけて大きく手を広げる。

母はよく『もっともシンプルな愛情表現』と言って、家族にハグをする。

とくに血の繋がりのない耀くんへは、多めのスキンシップを心がけているみたいだ。実の娘である私と同じくらい愛していると伝えるために。

当の耀くんは、子どもの頃はそれでよかったものの、今となってはちょっぴり気恥ずかしいらしく、困ったように笑った。

「ああ。義母さんも」

それでもきちんとハグで応えるのだから、なんだかんだ言って優しい息子だ。

「義母さん、千紗をよろしく。もしタイミングが合えば、駅まで車で迎えに行ってやってくれ。まだ変な男がうろついているかもしれないから」

耀くんはもう何度目かわからない妹への心配を吐露する。母はあまりの入念さに苦笑して、ぽんぽんと背中を叩いた。

「よーくわかったわ」

なだめるように耀くんの頬へキス。これも形式的なもので、母いわく親愛の証なのだそう。

親子のハグアンドキスが終わったあと、耀くんの目がこちらに向いたので、今度は自分の番かと思わず身構えた。

「千紗。ちゃんと引っ越し用の荷物、まとめとけよ」

しかし、お小言が飛んできてうっと唸る。

「わ、わかった……」

まさか本当に耀くんと一緒に暮らすことになるなんて。まだ実感がなくて不思議な感じだ。一緒に生活できるのが嬉しい反面、早くも緊張する。

「千紗。メリークリスマス」

まるで不安がる私を落ち着かせるかのように、耀くんが私の背中に腕を回し、そっと抱き寄せた。

今度こそ私の番のよう。これは兄妹のハグ、そう理解していても頭の中が動揺でぐるぐるしてしまう。ごまかすようにまくし立てた。

「メリークリスマス。年末は病院も忙しいんでしょう？　体に気をつけてね」

この時期は寒さで体調を崩したり、羽目を外してお酒を飲む人も多く、病院は急患で大忙しになると言う。年末年始は近所のクリニックが休診しているから、救急外来のある総合病院に患者が殺到する。

とくに脳外科はその専門性もあって、処置できる医師が少ない上に急変も多く、一分一秒を争うから気が抜けない。

「私のことは心配しなくて大丈夫だから、耀くんはお仕事に集中して」

これ以上迷惑はかけまいと言ったのだけれど、耀くんは私の頭を撫でながら「なにかあったらすぐに連絡しろよ」とやっぱり過保護なことを言った。

そして私を真正面からじっと見つめて、なにかを待つ。

もしかしてキス待ち？

幼い頃なら躊躇いなくできたけれど、変に意識してしまった分、反応に遅れた。

戸惑っている隙に耀くんが私の頬に口づける。

これは家族のキス、兄妹のキスだ。必死に平静を保とうとするけれど、頬の熱さは隠せない。

「今さら、なに照れてる」

ピンと額を弾かれ我に返った。慌てて「照れてないっ」と頬を膨らませてごまかす。

「耀。そろそろ千紗ちゃんもお年頃なんだから、ちゅーは卒業したらどうだい？」

見かねた義父がたしなめるけれど「千紗に恋人のひとりでもできたら卒業するよ」と鼻で笑われてしまった。

「いやいや、千紗ちゃんを何歳だと思ってるんだ？　わざわざ言わないだけで、親しい男性のひとりやふたりくらい――」

義父がフォローしてくれるけれど、残念ながらこの歳になっても親しい男性のひとりもいたことがない。

俯いて沈黙する私を見て察したらしく、義父は「……ご、ごめん」と小声で謝った。

「私もそろそろ息子へのキスは卒業した方がいいかしら？」

「里紗さんはいいんじゃないかな。母親の特権だ」

甘いことを言う夫に気をよくして、母は「あら、よかった」と嬉しそうに笑う。

「相変わらず夫婦仲がよくて安心だよ。おやすみ」

耀くんは苦笑しながら玄関を出ていった。

そのうしろ姿に私は手を振りながらも、全然別のことを考えていた。

『これからは本物の兄妹、ずっと一緒だ』――かつての耀くんの言葉が頭をよぎる。

私たちは兄妹、その一線を越えることはない。

理解してはいるものの、ほかに好きな男性を作ろうなんて思えるわけもなかった。

『親しい男性のひとりやふたりくらい』――義父の言葉にううん、と首を横に振る。

耀くん以上に素敵な男性がいるわけないもの。

彼ほど私を大切に思ってくれる男性もいない。

私史上最高の男性は耀くんなのだ。

第二章　ずっと一緒だ

「え……」

小学四年生だった私は、高校から帰宅した義兄を見て絶句した。

両手に大きな紙袋。中にはかわいらしくラッピングされた箱がぎゅうぎゅうに詰まっている。

二月十四日。高校一年生になった耀くんが、溢れんばかりのチョコレートをお持ち帰りしたのだ。

中学校は校則で飲食物の持ち込みが禁止されていたから、学校にチョコレートを持ってくる女子はほとんどいなかった。家まで渡しに来る女子もいなくはなかったが、「いらない」と言って追い返していたという。

しかし高校生にもなると、学校に堂々とチョコレートを持ち込めるようになり――。

……こんなにたくさん、耀くんを好きな女子がいるんだ。

紙袋を覗き込みながらしみじみ息をつく。ラッピングから漂う本命感。

耀くんは誰の目から見ても格好いいから、モテることは想像がついたけれど、まさかここまでとは。なんだかちょっぴりもやもやする。

小学四年生にもなると、友だちとの会話の中に『好きな男の子』や『告白』なんて話題が頻繁に出てくるようになる。早い子はもう「彼氏が～」とか言っている。

少女漫画の主人公たちは、十歳ですでにキスも経験済み。

――このチョコレートをくれた人の中に、耀くんの恋人もいるのかな？　もしかして、もうキスとかしちゃった？

思わず口もとを押さえてしまう。

兄妹のキスならたくさんしたけれど、耀くんが自分以外の女の子にキスをするのはなんか嫌。理由はわからないけれどそう思う。

耀くんに恋人がいるなんて考えたこともなかった。いや、考えないようにしていた。

「すっごーい。モテモテじゃない。手作りかしら？　ひとりじゃ食べきれないわね」

母はキッチンで夕食を作りながら無邪気に笑う。なんなら食べるの付き合うわよ、とでも言いたげだ。

しかし、耀くんはげんなりとした顔でソファの上に紙袋を置いた。

「食べない。食べたら、気持ちも受け取ることになるだろ。本当はもらいたくなかったんだ。でも靴箱や机の中に勝手に置いていくやつらがいて、そのまま放置するわけにもいかなくて」

悪態をつく燿くんに、母は「モテる男は大変ね」と料理を続ける。

「じゃあ、どうするの？」

思わず私が尋ねると、やや間があったあと「返す」という答えが返ってきた。

「箱の中を見て名前を確認したら、ひとりひとり返しに行く」

「それ全部？　大変じゃない？」

「どうせホワイトデーに返さなきゃならないなら今やったって一緒だろ。それに、今突き返せば来年は渡そうと思わないだろうし」

どうやらこのチョコレートをくれた女子の中に燿くんの恋人はいないみたいだ。どこか安心している自分がいた。

燿くんはソファにどっかり座り、困惑顔で肩を竦める。

「気持ちはありがたいけど、正直困る。全員の期待に応えられるわけないんだから」

これをくれたひとりひとりが、きっと燿くんの恋人になりたいと願っているのだろう。でも全員の願いは叶えられない。

母は冷蔵庫から調味料を取り出しながら「燿くんは優しいのね」と漏らす。

――その冷蔵庫の右上には、私が母に手伝ってもらいながら作ったチョコが冷やしてあるのだけれど。今の言葉を聞いてしまうと渡しづらい。

「でも、イベントで浮かれるのは女子の特権なの。忘れないで。お母さんも千紗も、女の子なんだから」

母がキッチンからぱちりとウインクした。察した耀くんが慌てて言い繕う。

「他人からもらうのと、家族からもらうのは全然別物だろ。家族からもらうチョコがいらないなんて言ってない」

その言葉を聞けて安心した。初めての手作りチョコが無駄にならなくて済んだ。

「妹のチョコが欲しいってさ。千紗、仕方ないから出してあげたら？」

わざとらしい言い方をする母に、私は照れながらも冷蔵庫に向かった。

紺色の包装紙に銀色のリボンで包んだ小箱を取り出して、耀くんのところに持っていく。彼に似合う大人っぽい色のラッピングを選んだ。

「……その、作るのは初めてだけど、ちゃんとお母さんに見てもらったから大丈夫。食べられる、と思う、たぶん」

おずおずと私が差し出すと、耀くんは「たぶん、なのか？」と苦笑した。でもその笑顔はいつも以上に温かく優しい。

すぐにリボンを解き、中を開けて確認してくれる。

「……へえ、生チョコか。頑張ったな」

「生クリーム使ってるから早めに食べて。今は冷蔵庫に入れておくから、ご飯のあとに……」

私が箱を受け取ろうとすると、耀くんは素早くチョコを一粒ピックですくい上げ、パクンと口の中に放り込んでしまった。

「耀くん！　これから夕飯だよ？　せめてデザートにすればいいのに」

「腹が膨れたあとに食べたってうまくないんだよ。いいんだろ、義母さん？」

いつも夕飯前に食べるのはやめなさいと怒る母も、この日ばかりは「今日は特別よ」と許してくれる。

「うまいよ、千紗。お前もひとつ食べてみな」

耀くんが二粒目をピックに刺し、私の口もとに持ってくる。

どんな味かは知っているけれど、耀くんが『あーん』してくれたことが嬉しくて、つい口を開けてしまった。

すかさず母がキッチンから声を上げる。

「千紗はたくさん味見してたわよ。おいしいおいしいって言いながら」

「お、お母さん！」

「もしかして、自分のために作ったのか？」

「違うもんっ」

頬を膨らませると、耀くんは私の頭をくしゃくしゃと撫でて笑った。

チョコを食べ終わる頃には夕食も出来上がった。母がトレイにご飯やお味噌汁を載せてリビングにやってくる。

今日のメインディッシュは魚だ。でも、育ち盛りの耀くんのために、牛肉のしぐれ煮も小鉢に用意してくれた。耀くんだけは大盛だ。

「チョコをたくさんもらうようなら、来年は千紗にチーズケーキでも作らせる？」

「チョコでいいよ。どうせ誰からももらう気ないから」

母と耀くんのなにげないやり取りを聞いて、胸がじんと熱くなる。

ほかの誰からもチョコをもらわない、受け取るのは私からだけ。そうはっきりと宣言してくれたことが、なぜだがとても嬉しかった。

私が初めて兄妹以上の感情を自覚したのは十四歳、中学二年生のときだった。

その頃、耀くんはすでに二十歳で、有名大学の医学部に通っていた。学業にアルバイトにと忙しくしていたが、このところとくに帰宅時間が遅い。

私が眠りについてから帰ってくる日もあって、ちょっぴり寂しい。でも、妹の私が兄の頑張りを応援しないわけにはいかない。

友人の家に泊まって勉強会なんてこともあるらしいから、その日、耀くんは久しぶりに帰ってこなかったけれど、私はとくに気にしていなかった。

でも翌朝、朝食を口にしながらなんの気なしに「そういえば、耀くんは？」と母に尋ねたのがいけなかった。

母はキッチンでふふふっと楽しげに笑みをこぼす。

「昨日はね、恋人のところにお泊まりだったんですって」

その瞬間、私は石でガンと殴られたような衝撃を受けた。

耀くんに恋人がいないと思っていたわけではないけれど、突きつけられた事実はことのほか重く感じられた。

「耀もうそんな年頃か」

義父は新聞に目を通しながら、のんびりそんなことを言っている。二十歳になった息子に男女交際どうこうをうるさく言う気はないらしい。

「私もちょっとびっくりしちゃった。これまでも恋人がいるのかなって思ったことは何度かあったんだけど、自分から話してくれたのは初めてだったから」

え？　お母さん気づいてたの？　いつ？　どんなとき？

ちっとも気づかなかった私は鈍感なのだろうか。いや、そもそも中学生に相手の顔色を読むスキルがあるわけもない。

「二十歳を過ぎたから、堂々と言えるようになったんじゃないか？」

義父の言葉にそうか、と子ども心に落胆する。

耀くんは大人で私は子ども。気づけば埋めようのない隔たりができていた。

彼がモテることは知っていたし、これまでだって大っぴらにしなかっただけで恋人はいたのだろう。でも――。

……今この瞬間、耀くんは恋人と過ごしているんだ。

はっきり自覚してしまうと胸が抉れるように痛んだ。

私は少女漫画でしか『恋人』という概念を知らないけれど、それはきっととても大切で、尊くて、素敵なものなのだろう。

『兄妹』の絆よりももっと輝かしい関係をその女性と築いている――これから築いていくのだと思う。

『妹』なんかじゃ、かなわない。

いつか耀くんは家を出て、愛した女性と家族を作る。そのとき、私の居場所はどこにもない。当たり前なのに気づけなかった事実が、とても悲しい。

その日一日、私は落ち込んでぼんやりしていた。

ブラコンと言われたらそれまでだ。でも、これはもはや『恋』ではないかと思った。っていうより『失恋』？　初めて自覚した恋心は、芽吹いた瞬間に枯れ果てた。

義兄妹だからこんなにつらいのかな？

家族にならなければよかったなんて思わない。これまで一緒に過ごしてきた八年間を否定する気もない。

仮に家族ではなく幼馴染のままだったとしても、耀くんは私を『妹』としか思わないだろう。大人の耀くんが中学生の私をそういう目で見るわけもないのだ。

私の初恋は、実ることのない不毛な恋だった。

その日、夕飯の席で耀くんと顔を合わせたが、不自然な態度になってしまった。

「千紗？　どうかしたか？」

いつもと違う私に耀くんはすぐさま気づき、話しかけてくるけれど――。

「……別に」

私はそっけなく目を逸らしダイニングチェアに座る。耀くんは不思議そうな顔で隣の席に着いた。

ふたりの異変を感じ取った母が、すぐさまフォローしにやってくる。

「お兄ちゃんが取られて、寂しくなっちゃったのかしらね。千紗ったら甘えん坊なんだから」

母は私の頭をきゅっと抱きしめ、いいこいいこしてキッチンに戻っていった。

勘のいい耀くんは、母の言葉がなにを意味しているのか、すぐに気づいたみたいだ。

「千紗」

耀くんの手が伸びてきて、私の両頬を包み込む。顔をきゅっと自分の方へ向けて、真正面から見つめる。

いつの間にかすっかり大人になった耀くんが目の前にいた。

「なにがあろうと、お前は俺の大事な妹だ」

きっと耀くんは、家族の絆は変わらないと言いたいのだろう。

でも、このときの私は、決して実らない恋にとどめを刺されたような気がして、いっそう落ち込んだのを覚えている。

耀くんも気を回したのだろう、それ以降、恋人の存在を匂わせるような行動はなくなった。

それから四年。耀くんは医大を卒業して医者の卵になった。研修中の病院は家から通えない距離ではないけれど、呼び出されたらすぐに駆けつけられるようにと、病院の近くに家を借りてひとり暮らしを始めた。

私は大学生になり、交友関係ががらりと変化。友人たちが恋人とお熱いキャンパスライフを送っているのを見て、このまま耀くんの影に縛られていてはダメだと一念発起した。

不毛な恋に見切りをつけ、私も彼氏を作ろうと決意。

しかし、サークルの飲み会や合コンに参加するも、そう簡単に彼氏はできなかった。というか、耀くん以上に素敵だと思える男性が見つからなかったのだ。

恋人どころか、寄ってくるのは一癖ある男性ばかり。

延々とメッセージを送ってくる粘着系男子や、背後からこっそりつけてくるこじらせ男子に好かれ、自宅近くの裏路地で待ち伏せされる日々。

私のストーカー被害を知った耀くんは、忙しい合間を縫って、頻繁に帰省してくれるようになった。ストーカーを追い払ってくれたこともある。

就職したあとも状況は変わらず、二十六歳になった今も恋人はいない。男性への不信感は募る一方で、恋をしようなんて気分になれないのが現状だ。

結果、耀くんへの想いだけが募っていく。

三十二歳になる耀くんは、たくさんの患者を救う立派なお医者様になった。昔はクールでぶっきらぼうだった性格も、最近は落ち着いたのか、気遣いのできる優しい紳士にランクアップ。

いっそうモテモテに違いないけれど、相変わらず本人の口から『恋人』というワードが出てこない。私生活は謎に満ちている。

家族には明かさずお付き合いをしているのかもしれないし、脳外科はとても忙しいらしいから、仕事に忙殺されているのかもしれない。でも——。

……もしかして、私が心配で恋人が作れない、とか？

その可能性もなくはないから複雑な気持ちになる。なんたって彼は過保護だ。

私が自立するまで、あるいはちゃんとした恋人ができるまで、自分の恋愛は二の次にして私を見守り続けるつもりではないか——耀くんの足を引っ張っているのだとしたら問題だ。

せっかく一緒に生活するチャンスに恵まれたのだから、そのあたりも探りを入れてみよう。

そんな思惑を抱きながらクリスマスから早二カ月、いよいよ耀くんとの同居生活が始まろうとしていた。

二月中旬、両親の出国に先立って、私は耀くんの住む家に引っ越すことになった。日曜日の午後。両親に見守られ、車に荷物を積み込む。

「持っていくのはこれだけか？」

小ぶりの段ボール四つをトランクと後部座席に置く。引っ越しという割には小さくまとまった。

「うん。二、三カ月って話だし、通勤できる服があればそれで。いざとなればまた取りに来るし」

耀くんの家から実家までは電車で二十分。地図で見ればそう遠い距離ではない。足りないものがあれば、また取りに来ればいい。どのみち、この家を留守のまま放置しておくわけにはいかないので、定期的に足を運び掃除しようと思っている。

「耀くん、千紗をよろしくね」

「耀、千紗ちゃんを大事にするんだぞ」

揃って玄関で見送る両親に、耀くんは「嫁入りじゃないんだから」と呆れた声を漏らした。

「そっちこそ海外、気をつけて。まあ、義母さんはしっかりしてるし英語も堪能だから、心配することもないと思うけど」

耀くんの視線は母にしか行ってない。義父はツッコまずにいられなかったらしく、眉をひそめた。

「耀。俺のことは心配してくれないのか？」

「親父を心配する必要はないだろ」

義父はちょっぴり寂しそうな様子。まあ、この塩対応は信頼の証だと思う。

「お義父さん、お母さん、行ってくるね」

ふたりに挨拶をして、私は助手席に、耀くんは運転席に乗り込んだ。

彼の車に乗るのは久しぶりで、ちょっぴりうきうきする。

シートベルトを締めようと手を持ち上げると、追い越すように耀くんの手が伸びてきてベルトを掴んだ。

顔の距離が近くなり息を呑む。車内は静かで、呼吸音すら聞こえてしまいそう。

「だ、大丈夫だよ、シートベルトくらい自分で締められるから」

「なにを遠慮してるんだ」

動揺する私とは裏腹に耀くんは気にも留めず、ベルトの金具を引っ張りバックルに差し込んだ。自身のシートベルトも締めエンジンをかける。

カーオーディオの再生ボタンを押すと、流れてきたイントロは、私が好きなシンガーソングライターのもの。

両親に手を振って別れたあと、私は運転中の彼に「これ、Saya(サヤ)だよね？」と尋ねた。

「ああ。千紗が好きだって言ってたのを思い出して、ダウンロードしてみた」

私に合わせて選んでくれたの？　その気遣いも、私の好きなものに興味を持ってくれたことも嬉しくて、ついテンションが上がってしまう。

「どう？　耀くんも好きそう？」

「ああ。自然に耳に入ってきて落ち着く。千紗にしてはナイスチョイス」

私にしてはって。褒められたのか、遠回しにけなされているのか……とはいえ、ふたりの好みが合致したみたいだからよしとしよう。

「曲も素敵だけど、歌詞も切なくていいんだよ。泣けてくるっていうか」

「主に恋愛の曲なんだろ？　お前、共感できるのか？」

「共感しまくりだよ、Sayaは失恋ソングが多いから――」

「失恋って誰にだよ」

予期せぬ質問が飛んできたので、思わず黙り込んだ。まさか『あなたに』とは言えない。

「……好きな男がいたのか？」

耀くんの声が問いただすような硬いものに変わる。私は首をぶんぶん振りながら「いないっ」と答えた。

「お前は変な男ばかり引き寄せるからな。気になる男ができたらまずは俺に紹介しろ。まともな人間かどうか判断してやる」

それはさすがに過干渉すぎでは。でもそれ以前に、耀くん以外に好きな人なんてできそうにない。

「よ、耀くんこそ、恋人はいないの？　私が家にいたらイチャイチャできなくて困っちゃうんじゃない？」

ずっと気になっていた恋人の有無をさりげなーく尋ねてみると「安心しろ、いないから」と苦笑した。

「でも、そろそろ結婚する人も多いでしょう？　焦ったりしないの？」

「今は仕事に集中したい。……お前のお守りもあるし」

そう言って、信号待ちのタイミングで私の頭をくしゃくしゃ撫で回す。

「安心しろ、お前を置いて結婚したりしないから」

嬉しい反面、余計不安になってきた。やっぱり私が足枷になってる？　かといって『私のことは気にしなくていいから、素敵なパートナーを見つけて』なんて兄想いの優しい言葉はとてもかけられなくて……。

耀くんをひとり占めできて嬉しいなんて、私はずるい妹だ。本当は兄の幸せを願うべきなのに。

予期せず自分の身勝手さを思い知って落ち込んでしまった。


「こんなすごいところに住んでたんだ……」

案内されたのはタワーマンション。受付にはコンシェルジュが常駐している。レストランやクリニック、ジムも併設されているそうだ。

共用スペースにはテーブルとソファが置かれていて、片側一面に取られた開放感のある大窓からは、綺麗に手入れされた中庭が見える。

重厚な石積みの壁に、木目調の天井、柱に埋め込まれたライティング、なにを取っても洗練されていて高級感がある。

いざ上層階にある彼の部屋に辿り着いてみると、玄関や廊下は充分な広さがあり贅沢な間取りをしていて、リビングは眺望満点。思わずほうっと息をついた。

「そういえば、ここに来るのは初めてだったな」

研修医時代から住んでいたマンションなら一度遊びに行かせてもらったけれど、二年前に購入したというこのマンションに来るのは初めてだ。

「昔住んでた部屋みたいなところを想像してた」

以前はワンルームプラスキッチンのごく普通の単身用マンションに住んでいたのに。今は大違いだ。

「あそこだったらふたり暮らしなんて提案しない。千紗の部屋も用意するって言っただろ？」

それにしたって想像以上だ。二部屋分くらいある大きなリビングに加え、客間、寝室、書斎、クローゼットまであるなんて。実家に勝るとも劣らない立派な邸宅だ。

「でも、どうしてこんなにたくさん部屋が必要だったの？」

もしかして恋人との同棲を踏まえて？　そんなことを邪推して尋ねてみたけれど。

「ずっと今の病院にいるかもわからない。将来的に投資用物件にすると考えると、単身者向けよりファミリー向けの方がいいと思ったんだよ」

真面目な回答が帰ってきたから、耀くんらしくて安心した。

「ここに暮らせるなんてすごい、夢みたい」

「そうか？　実家の方が広いだろ」

「ううん、こういうマンションに憧れてたから。窓の外の景色もすごいし」

なんだかセレブになった気分。うきうきしていると、つられるように耀くんの表情も柔らかくなった。

「そう言ってもらえてよかった。この分なら、夜景も喜んでもらえそうだ。今日は外食にしようと思ってたが、せっかくだから家で食べるか」

「うん！　あ、でも料理は……あんまり期待しないで……」

多少はできるように練習してきたけれど、母の腕には遠く及ばない。

実家にいる間、キッチンは主に母が仕切っていたから、私は簡単な手伝い程度しかしなかった。料理上手な親と一緒に暮らしているとつい甘えてしまうものだ。

「今日は俺が適当に作るから、千紗は荷解きに専念しろ。明日も会社だろ？」

「耀くん、お料理できるの!?」

驚きに声が大きくなる。実家では一度もキッチンに立たなかったのに。

「多少はな。ひとり暮らし歴も長いんだから」

そういえば、母の「食事はどうしているの？」という問いに「適当に作ってる」と答えていた気が。レトルトを想像していたのだけれど、ちゃんと包丁を握ったりフライパンを振るったりするのだろうか？

「それこそ期待するなよ。義母さんみたいな繊細な味は出せない。適当な男飯だ」

逆に気になる。男飯というものを食べてみたい気もするし、料理が下手だったらそれはそれで耀くんの弱点を見られた気がして、別の意味でオイシイ。

「なにを作ってくれるのか、楽しみにしておく」

期待するなって方が無理。耀くんの手作りご飯を食べられる時点で、どう転んでも楽しみだよ……。

耀くんは仕方ないなと言いたげに息をつく。

「来い。買い物ついでにざっと近所を案内する」

「うん、お願い」

明日は出勤、駅までの経路を覚えておかなければならない。

駅前のスーパーへ行きがてら、簡単に近所を案内してもらう。

マンションに帰ってきたあとは、耀くんに料理をお願いして、私は掃除と荷解きに集中した。客間のクローゼットをざっと水拭きして乾かし、服を並べる。

スキンケアグッズやメイク道具は洗面所に置かせてもらう。

耀くんの住処に自分の持ち物を加えていくって、なんだかドキドキする。同棲を許してもらえた恋人の気分だ。まあ、似て非なりだけれど。

夜になりリビングに顔を出すと、すでにいい香りが漂っていて、耀くんがスープをダイニングテーブルに運んでくれているところだった。

シャツに緩めのスラックス、そんなリラックスした彼の姿を見るのも久しぶりな気がして——。

あれ？　もしかして初めて？

耀くんと一緒に暮らしていたとき、彼は医学生だった。その頃着ていた部屋着といえば、ジーンズにトレーナーなど、カジュアルウェアばかりだった気がする。

今の彼はラフなのに決まっていて、デキる大人の男という印象だ。いつもより妙に格好よく見えるのは、きっと気のせいじゃない。

「どうした、そんな顔して。部屋の片付けは終わったのか？」

「あ、うん、だいたい片付いたから大丈夫」

我に返ってダイニングテーブルの上を見ると、用意してくれたスープは魚介がたっぷり入ったトマトスープだった。

「そのスープ……」

想像以上に手が込んでいるとわかり驚く。

そういえばスーパーで、大きなエビやはまぐりなど、妙に本格的な食材を買っているなあとは思ったのだ。

殻を剝いたり砂抜きしたり手がかかりそうなので、「手伝おうか?」と声もかけたのだけれど、「いらない」とあしらわれ、仕方なく部屋の掃除に専念した。

まさかこんなご馳走が出来上がっているとは思わなかった。

「すごくおいしそう!」

「そうか? 具材、奮発したからな。エビ、好きだろ?」

次いでキッチンから運んできたのは、大きな平皿に盛られたペペロンチーノ。食欲をそそるような香りは、芳ばしいニンニクだったみたいだ。

「辛さ控えめにしたから、千紗でも食べられると思うぞ」

「…………」

「どうした?」

ペペロンチーノ自体は、そこまで難しい料理ではないと思う。

でも、パスタ全体がくるりと渦を巻いたような盛り付け方は本格的。

トッピングされた瑞々しい焼きミニトマトにマイタケやベーコン、アスパラ、新鮮なパセリがカラフルで目を引く。オシャレなカフェで出てくるような一品だ。

「男飯って言うから、ご飯にお肉どーん、みたいなのを想像してたんだけど」

「そういう日もあるけどな。千紗はどっちかっていうと、こういう方が好きだろ？」

そう言って耀くんが冷蔵庫から取り出してきたのはシャンパンだ。

「同居開始記念だ、乾杯しよう。今日がオンコール当番じゃなくてよかった」

ニッと笑みを浮かべて、キッチンからシャンパングラスをふたつ持ってくる。口が緩くつぼんでいて、チューリップのような形をした凝ったデザインのグラスだ。

「素敵なグラス。普段、耀くんはこういうのを使ってるんだ」

しかもペアグラスなのは……たまたま？

ぼんやりと見え隠れする女性の影にじっと耀くんを見つめる。

彼は視線に気づくと、気まずそうに目線をさ迷わせ、やがて観念して頬をかいた。

「……お前が来るから新調したんだ。あまりそういうところをツッコむな」

私のため？

予想外の返答に、思わず口もとがふにゃっと緩んで「ふふっ」という声が漏れてしまった。

「笑うなよ」

しかも普段はクールなくせに、ちょっぴり照れくさそうにしている耀くんも最高にきゅんとする。

「無理。笑っちゃう」

くすくすと笑い始めた私を、耀くんは「早く食べないと冷めるぞ」と強引に椅子に座らせた。ふたりでいただきますと手を合わせて、パスタを口に運ぶ。

「おいしい……」

味はプロクオリティ。さんざん謙遜していたくせに、母レベルのお料理上手だ。

居候するからには彼の助けになりたいと思い、家事を勉強してきた。掃除洗濯など最低限はこなせるし、お料理も母に習ってそれなりに作れるようになった。

しかし実際は、耀くんのお料理の腕前は私よりずっと上で、掃除も行き届いている。これ、私の出る幕、ゼロなんじゃない？

存在意義を否定されたようで、ガーンと視界が真っ暗になる。

「耀くんがこんなにお料理上手だったなんて」

「たいしたものは作れないが……そういえば、外科医は料理上手が多いらしいぞ。不器用だったら務まらない職業だしな」

その言葉でふと疑問がよぎる。外科医にとって手は商売道具。怪我でもしようものなら手術ができなくなってしまう。

なのに、包丁を持つなんてリスキーなことをして大丈夫なのだろうか。

「手、大事なんでしょう？　包丁で指を切ったり、火傷したりしない？」

「ああ、一応気をつけている」

耀くんが自身の手を持ち上げてまじまじと見つめる。

身長が高いせいもあって、彼の手はかなり大きい。でも、男性にしては指が細くすらりとしていて、美しい手だと思う。

患者の命を任される大事な手を傷つけることがあってはならない。

「お料理は私に任せて！　耀くんは危ないことしちゃダメ」

「多少なら大丈夫――」

「任せてっ！」

身をテーブルに乗り出して詰め寄ると、彼は面食らったのか、プッと吹き出した。

「そこまで言うなら頼む。だがお前、作れるのか？　実家だと義母さんに頼りっきりでろくに料理してなかっただろ」

うぐっと答えに詰まった。この手の込んだお料理を前にして、大丈夫とは言いがたい……。

私のリアクションで察しがついたらしく、耀くんは再び吹き出した。

「たいそうなものは期待してないから、適当にやってくれ。俺だって普段は出来合いのものを買ってばかりだから」

「だったら、出来合いのお惣菜より塩分控えめで、お肉とお野菜がたくさん入った体にいいお料理作るから任せて」

必死にまくし立てる私を見て、耀くんがふんわり笑う。

「楽しみにしてる」

こっくりと頷いて、トマトスープを口に運ぶ。トマトの甘みと酸味、魚介のだしが利いていてすごくおいしい。

耀くんは舌が肥えているだろうから、私もかなり頑張らないと。

そんなことを考えてぼうっとしていたら、「千紗」と呼びかけられた。

目線を上げてみると、ちょっぴり呆れたような、心配するような眼差し。

「無理はするなよ？　お前、変なところで意地張るからな」

さっそく見抜かれて頬が熱くなる。

「俺は仕事が不規則だし、帰ってこられない日もあるから、夕飯は用意しなくていい。休みの日だけ伝えておくから、予定が合ったら一緒に食べよう」

そう言って耀くんは直近の休日を教えてくれた。毎週必ず休みがあるわけではなく、月に数回、休みと言いつつ待機の日もある。

かなり過酷な職業だが、それだけ彼の技術が求められていると考えれば、誇らしいとも言える。

「なかなか一緒にいられなくて悪い。夜はなるべくそばにいてやりたいが、夜勤や呼び出しもあるからな」

「それは仕方ないよ。耀くんは医者なんだし、手術とかもたくさんあるんだろうし」

「防犯的にはマンションの中にいれば安全だ。帰りが遅くなるときはタクシーを使えよ。マンションで契約してる専用のタクシー会社があるから――」

「タクシーなんて大袈裟だよ。ここは駅からそう遠くないし、人通りも多いから大丈夫――」

「俺が安心したいんだ。約束してくれ」

真剣な顔でじっと見つめられては、嫌とは言えない。ちょっと過保護な気はするけれど、仕事に集中してもらうためにこくりと頷いた。

「一応あいつにも声をかけとくか……」

耀くんはテーブルの端に置いてある携帯端末を持ち上げ、悩ましげに画面とにらめっこする。

「あいつ？」

「友人だ。いざというときに俺と連絡がつかないと困るだろ？　緊急時の連絡先としてひとりくらいは知っていた方が――」

そう言ってひと呼吸置くと、思い直したかのように携帯端末を伏せた。

「いい。やっぱりやめておく」

突然、前言撤回して食事を再開する。

「どうして？」

「信用できるやつではあるんだが……いまいち信用しきれないというか」

「どっちなの？」

「聞かなかったことにしてくれ。他人に、しかも異性にお前の連絡先を伝えるのはやめておく」

いったい誰を紹介しようとしたのだろう？　気にはなったけれど、問い詰めたところで教えてくれない気がしたので引き下がっておく。

食事を終えた私たちは、ふたりで協力して食器を片付けた。

紅茶を淹れてソファでひと息。私は自室から持ってきたとある小箱をうしろ手に隠して、耀くんの隣に座る。

「ちょっと遅れちゃったけど、これ」

差し出したのはバレンタインのチョコレート。耀くんが「ああ」と思い出した顔をする。

「当日に会えなかったから、用意しておいたの」

「わざわざありがとうな。……お前からチョコをもらうようになって何年経つ？」

「十六年」

「そんなになるか」

包みを開けながら耀くんが驚いた声を上げる。

初めてチョコレートを作ったのが小学四年生のとき。母に手伝ってもらいながら生チョコを作った。それから毎年欠かさずあげている。

次の年はトリュフ、その次の年はチョコブラウニーと、少しずつ種類を変え、今年は原点に返るつもりで再びシンプルな生チョコレートを作った。

「この形……なんだか懐かしいな」

「覚えてるの？」

「ああ。〝たぶん食べられるチョコ〟だろ？」

当時〝たぶん食べられる〟と自信なく言ったのを覚えているのだろう。私は「絶対に食べられるから大丈夫」と言い直す。

「今年もチョコレート、たくさんもらったの？」

尋ねてみると、耀くんは困った顔で笑った。

「学生の頃は全部断ってたんだが、さすがに職場で断ると角が立つからな。『医局のみんなで食べる』って言って受け取ったよ。お返しはスタッフセンターに差し入れして済まそうと思ってる。患者からももらったが、お礼の意味合いが強いだろうから、ありがたくいただいた」

看護師さんだけじゃなく、患者さんからももらったんだ……。耀くんに想いを寄せている女性は、私が考えている以上にたくさんいるのかもしれない。

「もうチョコレートを見るのも嫌だったりする？」

恐る恐る尋ねてみると、耀くんが長い睫毛をぱちりと瞬いた。ふっと口もとを緩めて、私の頭に手を載せる。

「関係ない。お前からもらわないと、落ち着かない」

くしゃくしゃ髪をかきまぜられる——かと思ったら、思いのほか丁寧に髪を梳かれドキリとした。

優しい目に胸がきゅっと掴まれる。そんな顔をされて平静でいられる女性はいないだろう。その顔を私以外の女性に向けませんようにと、こっそり心の中で祈る。

「お前の方こそ、どうなんだ？」

ふと尋ねられ、首を傾げる。耀くんは「その……」と歯切れ悪く切り出した。

「俺以外に手作りチョコを渡したのか？　本命的な」

今度は私が目を瞬かせる番だった。私に好きな人がいないか、気にしてる？

「恋人なんていないって、知ってるでしょう？」

「……失恋とか言うからだ」

昼間『失恋って誰にだよ』と尋ねられたのを思い出す。

「誰かに失恋したわけじゃないけれど、甘えたいときに甘えられる人がいないのは、失恋にちょっと似てると思う。恋人への憧れもあるかな……私、彼氏ができたことないから」

いい人だなと思っていた男性が豹変したこともあった。今は誰を信じればいいのかわからない。

一番好きな人とは両想いになれないだろうから――。

漠然と、救いようのない寂しさがある。こんな私に恋人なんて、この先できるのだろうか。

すると彼の手が後頭部に回り、私をそっと引き寄せた。

「恋人なんて作らなくていい。甘えたいなら……俺に甘えろ」

額が彼の肩にあたる。力強い腕に抱き支えられ、彼の香りにふうっと包まれた。

突然どうしてそんな優しいことを言うのだろう。過保護が限界ラインを超えている。

おずおずと見上げてみれば、彼は悲痛な表情で瞑目していた。

「お前に信じられるやつができたなら、邪魔するつもりはない。ちゃんと送り出してやる。でも無理して探そうとしなくていい。そんなことを頑張る必要はないんだ」

きゅっと私の頭を抱きしめて、懐に押し込む。

兄妹のハグはこれまでたくさんしてきたけれど、これはそれ以上のなにかを疑ってしまうような抱擁だった。

大切にされすぎて、胸が痛い。

「ひとりが寂しいなら、俺が一生面倒見てやる」

誘惑めいた言葉が胸に突き刺さり、じんわりと熱が広がる。

まるでプロポーズのようだ。女性が大好きな人から言われたい台詞、ナンバーワンだよ。

でも素直に喜べないのは、彼にそういう気持ちがないのを知っているから。自分は足枷でしかないと自覚しているからだろう。

「耀くんは変わらないね。約束をずっと守ろうとしてくれてる」

『ずっと一緒だ』——それは、兄としての使命感。彼は私を養う覚悟があるのかもしれない。

「当然だ。俺はお前の——お兄ちゃんなんだぞ？」

抱く腕に力を込めて、自身に言い聞かせるかのように告げる。

でもこのままじゃダメだ。耀くんの人生を犠牲にして幸せになるなんてできない。彼には素敵な女性と連れ添って家庭を作るという、輝かしい未来が待っているはずだから。

「……ありがとう。耀くん」

気持ちは嬉しいし、大切に思ってもらえるだけで救われる。

でも、甘えてはいられない。

私がしっかりしなければ。耀くんも〝義妹〟という呪縛から逃れられないのだと思い知ってしまった。

第三章　手は繫がれたまま

月曜日の昼休み。デスク脇のミーティングスペースでコンビニのサンドイッチをぱくつく私を見て、総務部の先輩である笹原さんは意外そうな顔をした。

「久峰さん、今日はお弁当じゃないんだ？　珍しいね」

笹原さんの手もとには中華弁当。会社の前に停まるキッチンカーで買ったのだろう。明日はそれを買おうかな、なんて考えながら「はい」と答えた。

ここは『株式会社四つ葉ソフト』。従業員数は八十名程度、社員の大半がＩＴ技術者で、営業四人、総務五人で運営しているソフトウェア開発会社だ。

間接部門のオフィスは、開発部とパーテーションを隔てて隣り合っている。奥が営業部、手前に総務部があって、中でも一番若輩の私が入口から近い位置に座っている。総務部長と副部長の席は奥側。ふたりは私より父に年が近く、デスクで愛妻弁当を慎ましく食べている。

私よりひとつ奥側に座る中堅社員の宇郷さんは、まだ勤務中。電話番を兼ねていて、私たちと交代でお昼をとる予定だ。

彼は外食派なので、少し時間をずらして食べに行った方が空いている店が多くて都合がいいのだとか。

そして私と笹原さんはミーティングスペースで、宇郷さんの邪魔にならない程度の声のボリュームでおしゃべりをしながら、仲良く昼食をとっていた。

「前にも少しお話ししましたけど、今、兄の家に居候しているんです」

「あーなるほどね。母弁からは卒業かー」

これまでは母が毎朝お弁当を作ってくれていた。

一応「私も手伝うよ」と声をかけてみるのだけれど、「ひとりで作る方が楽」とキッチンから追い出されてしまうのだ。こだわりの強い母は、料理中に自分のペースを乱されるのが苦手みたい。

「自分では作らないんだ？」

「慣れたら作ろうと思ってます。今はまだＩＨの使い方がよくわからなくて」

「ああー、ガスコンロとは勝手が違うよね。私も慣れるまで結構かかった」

耀くんの家はＩＨ。昨夜、軽く使い方を聞いたけれど、どうもピンときていない。

今日の夕飯がちゃんと作れるか、今から不安だ。

「ＩＨで炒め物作るの、結構面倒なんだよ」

「そうなんですか？」

「フライパン振れないし、なにより火力がねー。どうしてもベタっとなっちゃう」

有力な情報が聞けて助かる。炒め物を作るのはもう少し慣れてからにして、今日の夕飯は煮物にしようと決める。

「あの、ちなみに、笹原さんの得意料理ってなんですか？……その、できれば誰かに食べさせてあげるのを前提で」

「男の胃袋掴む的な？」

笹原さんがいたずらっぽい顔でにやりと笑うので、私は照れながらも頷いた。

「そうだねえ……やっぱりガッツリ系？　でも、普段まともな食生活してない人なら、シンプルな家庭の味を欲してるかも。っていうか、どんな料理を出しても喜んでくれるような男に仕込んでおくのがベスト」

笹原さんは私より三つ年上の二十九歳。サバサバしていて姉御系だけれど、女子力も豊富で、高嶺の花的なスレンダー美女だ。

今の彼氏は五歳年下で研究職に就いているらしい。お給料はよくてそこそこイケメンだけれど、仕事以外は無関心。出会った当初は恋愛にも興味を示さなかったという。

そんなマイペース男子を笹原さんは手懐け、自分好みの男に矯正させたそうだ。

好みの男は見つけるものじゃない、自分で育てるものだというのが彼女の持論。

「……っていうか、食べさせる相手、お兄さんなんでしょ？　気にしなくていいんじゃない？」

「それはそうなんですけど、離れて暮らしてもう八年になりますし。立派になったところを見せたいというか、見栄を張りたいというか」

ちなみに、実兄ではなく義兄で、私が彼に対して特別な感情を抱いていることは内緒にしている。

「毎晩、私のご飯を楽しみに帰ってきてくれたら嬉しいんですが……」

「それ新妻の台詞だわ」

笹原さんが苦笑する。

耀くんには『夕飯は用意しなくていい』と言われたけれど、軽いお夜食くらいは用意しておきたい。耀くんが食べないなら、翌日のお弁当のおかずにすればいいし。

「お兄さんの好きなお料理は？」

「なんでも好き嫌いなく食べちゃうんですよね。母の作る料理はだいたい好きだったみたいです」

「おふくろの味ねえ。お母さんから習ったレシピとかないの？」

私はうーんと首を捻る。お味噌汁とか煮物とか、基本的な和食なら習ったけれど、地味かなあとも思っている。

「肉じゃがとか……ベタでしょうか？」

「いいんじゃない？　男のひとり暮らしじゃ肉じゃがなんてありつけないだろうし。牛肉多めにして、じゃがいもにたっぷり味を染み込ませてやれば胃袋掴んだも同然よ。さらに魚でも焼いて味噌汁つけた日には、立派なお嫁さんになれるよ」

「はい！」

もはやお夜食ではない気もするけれど、まあいいかと納得する。

笹原さんは「ブラコンかあ」と遠い目で呟きながらも、頑張れと応援してくれた。

雑談を交わしていると、パーテーションの奥から「失礼しまーす」と声が上がった。

声の主は開発部の糸川（いとかわ）さん。笹原さんとは同期入社で、対人スキルの高さから二十代後半にして係長を任されている。

部署が違う私のことまでよく気にかけてくれる気配り上手さんだ。

……ただ笹原さんからは「あいつ女癖悪いから気をつけて」と警告されている。

「あ、久峰さん。いたいた」

そんな彼が私のもとにやってくる。お昼休み中に声をかけてくるってことは、業務外の用事だろうか。私は首を傾げ、笹原さんは眉をひそめた。

「突然だけど金曜の夜って空いてる？　社内で交流会を予定してたんだけど、ひとり欠員が出ちゃってさ。ご馳走するから、人助けだと思って来てくれない？」

ジャケットのポケットに手を突っ込んで、フランクに話しかけてくる。

交流会って、飲み会のこと？　週末は早めに帰宅して耀くんをお迎えしたいけれど、人助けというなら無下に断るわけにもいかないし……。

悩んでいると、先に笹原さんが口を開いた。

「なにその怪しい交流会って。部内の欠員は部内で補充してくれる？　しかも私をスルーして久峰さんに声をかけるって、怪しいお誘いにしか思えないんだけど」

疑ってかかる笹原さんに、糸川さんは困ったように笑う。

「若いメンバー連れて飲みに行くんだよ。久峰さんの方が笹原より馴染みやすいと思って。年齢的に」

最後のひと言に笹原さんがこめかみを引きつらせる。見ているこちらが冷や冷やする……。

「誰を連れていくのよ？」

尋ねられ、糸川さんがメンバーの名前を羅列する、四人くらい言ったところで笹原さんがげんなりとした。

「なにそのチャラそうなメンツ。合コンでも企んでんじゃないの？」

「違うよー。女性は久峰さんしか誘ってないし」

笹原さんは「余計悪い」と腕を組む。

「どうせ『人助け』とでも言っておけば、人のいい久峰さんは来てくれるとでも思ったんでしょ？　見え見えなのよ」

「だって男だらけの飲み会なんて地獄でしょ。かわいい女の子に癒やされたいんだよ。好きなものおごるからさ、ね？　久峰さん的には逆ハーで選びたい放題だよ？」

糸川さんがパンッと手を打ち合わせてお願いポーズをする。

困っていると、パソコンに向かっていたはずの宇郷さんがすうっと立ち上がり、糸川さんの背後に立った。

身長が一九〇センチある宇郷さんは、立っているだけで迫力満点で――。

「うちの部下を軽々しく誘わんでもらえますか？」

どすの利いた声で威圧され、糸川さんは硬直する。

黙々と愛妻弁当を食べていた部長たちも顔を上げた。

「おい開発部。以前にも久峰さん家まで押しかけた社員がいるそうじゃないか。セクハラが酷いようなら経営会議で取り上げるぞ」

「コンプラコンプラー」

形勢が悪いと悟ったか、糸川さんは「いやいや、そんなつもりじゃないっすよ～」とごまかして、そそくさとパーテーションの奥へ戻っていった。

宇郷さんは嘆息しながらデスクに戻る。

「困ったもんですね、うちの男たちは。もう一度『女性社員に対するしつこい付きまといや勧誘は禁止』って社内メール出しときますか」

「いつもご迷惑おかけしてすみません……」

私が男性社員にしつこく誘われているのを見ると、総務部のみんながこうして守ってくれる。ありがたいけれど申し訳なくて恐縮していると、笹原さんがぷんすか頬を膨らませた。

「どう考えても下心丸出しで声かけてくるあっちが悪いよ」

宇郷さんも頷きながらチェアを回転させこちらに向き直る。

「うちは女性社員が少ないですからね。笹原さんが入社したときも、男たちが騒いで大変だったんです」

「そうだったんですか？」

「まあ、私の場合はこんなんだから、すぐに男たちが寄り付かなくなったんだけど」

自慢げに胸を張る笹原さん。男たちをあしらう姿に想像がついて、苦笑した。

笹原さんはどちらかというと男性社員に敬われる――というか恐れられる方で、気軽に誘ってくるような勇気ある社員は少ない。私からしたら羨ましいくらいだ。

「どうしたら私も笹原さんのように、みなさんに迷惑をかけないで済むのか……」

入社してもう四年も経つのだ。そろそろ守られる側から卒業したい。

「久峰さんは生粋の『ストーカー引き寄せ体質』だからなあ。今さら変えるのは難しいんじゃない?」

「わ、笑い事では……」

笹原さんのひと言に、宇郷さんでさえ吹き出しそうになって口もとを押さえる。

頭を抱えると、宇郷さんは柔らかい目で私を見つめた。

「久峰さんの優しさや大らかさは長所かもしれませんが、ときには拒むことも覚えないと。都合よく甘えられてしまいますよ」

私はうーんと唸る。拒むってすごく難しい。ノーと言えないのが私の弱点なのだろうか。

「私を見習いなよ」

笹原さんがぱちりとウインクする。

「……それは厳しいんじゃ」

さすがに宇郷さんも無理だと思った様子。もとの性格が違いすぎる。

いっそう悩み始め深みにはまっていく私を、ふたりは苦笑しながら見守っていた。


「懐かしい味だ。義母さんの味付けに似てるな」

耀くんが驚きに目を見張る。正面に座っていた私は「それって、おいしいってこと？」とテーブルに身を乗り出した。

「ああ。おいしいよ」

そのひと言に、私は「よかった……」と胸を撫で下ろす。

今夜のメニューは肉じゃがと焼き魚。不慣れな器具でおっかなびっくり調理したけれど、なんとか無事に作り終えた。

段取りも普段通りにはいかなくて、完成までに二時間近くかかってしまったけれど、耀くんの帰りが遅かったのが幸いした。

二十二時に帰宅した彼は、病院で夕飯を軽く食べたらしく、今は肉じゃがだけ夜食として摘まんでいる。

「夕食はなにを食べたの？」

尋ねてみると「おにぎりふたつ」という答えが返ってきた。……それだけ？

「おかずは？」

「鮭、おかか」

「それ、おかずって言わないと思う……」

とはいえ、仕方がないのも理解できる。いつ呼び出されるかわからない状況で、医師はのんびり外食などできないそうだ。

おにぎりやサンドイッチが主食で、余裕のあるときだけ院内でお弁当を頼むという。しかし、どんなトラブルが起こるか予想がつかない職業。緊急オペが入って食べられないなんてこともざらだそうで――。

「片手で食べられて、腹持ちのいいおにぎりはマストだ。脳に糖も行き渡るしな」

「う～ん……」

おにぎりが悪いとは言わないけれど、おかずも野菜もなし？　医者の不養生とはこのことでは。食生活が心配だ。

「ちなみに、普段は夕食になにを食べてるの？」

「だいたい同じか、食べない」

……実家で一緒に夕食を食べていた日が、いかにレアだったかがわかった。

「そんな顔をするな、体調管理はしている。医者は体が資本だからな。長時間の手術に耐えられるだけの体力が必要なんだ」

脳外科は十時間以上かかる手術があるって言っていたっけ。なるほど、体力のない医師に長時間のオペは任せられない。

「俺より、お前の方が細すぎだ。もっと肉を食え」

そう言って肉を私の口もとに持ってくる。咄嗟に口を開くと、中に押し込まれた。

「むぐっ……私、さっき夕飯食べたばっかりだよ。そんなに食べたら太っちゃう」

「そりゃあいい。思いっきり太ったら、男が追いかけてこなくなるかもな」

「や、やめてよぉ」

そしたら耀くんにまで嫌われちゃう。しかし彼は存外優しい表情で、今度は自分の口に肉を運んだ。

「お前がどんなに太ろうが痩せようが関係ない。責任持って養ってやるから安心しろ」

ざわりと胸の奥が疼く。

『俺が一生面倒見てやる』——そう言われたのを思い返し、落ち着かない。無意識に期待してしまう。

考えを振り払うかのように、私は笑顔を作った。

「医者が太るのを推奨するのはよくないと思う」

「まあ、確かにな」

耀くんが苦笑する。お夜食を綺麗に平らげて、ごちそうさまと手を合わせた。

食べ終わった食器をキッチンに運ぶ彼を見つめて、ふと思いついたことを尋ねる。

「そういえば、耀くんはどうして医者になったの？」

「は？」

彼が大きく目を見開く。ちょっと質問が唐突すぎただろうか。

「だって、医者ってすごく大変でしょう。立派なお仕事だけど、ご飯を食べる時間すら確保できないなんて」

食事だけじゃない、プライベートな時間はもちろん、睡眠時間すら削らなきゃ成り立たない職業だ。そんな大変な仕事を選んだのはなぜ？

耀くんはなんともいえない表情で黙り込む。ややあって「別に。儲かるからだよ」と適当にあしらって目を逸らした。

……本当に？　耀くんがそんな理由で職業を決めるかなあ？

いまいち腑に落ちないまま、私はキッチンにいる彼を追いかけた。

「あとは任せて。耀くんはお風呂だよ」

彼をキッチンから押し出し、食器を洗い始める。

「悪い、頼んだ」

彼はそう言って私の頭をくしゃくしゃ撫でたあと、リビングを出ていった。


それから一カ月が経ち、三月中旬。同居生活は慎ましくも順調に過ぎていった。

両親は今月の頭にイギリスへ発った。彼らが到着して早々、『英国最高』と書かれたビッグ・ベンの絵葉書が届いたので、なんだか微笑ましい気持ちになった。

耀くんは相変わらず帰宅が遅かったり、帰らなかったり、帰ってきたかと思えば呼び出されたり。見ているこちらがハラハラするような忙しい生活を送っている。

この日は珍しく八時に帰宅して、一緒に夕飯を食べた。

メニューは豆腐と鶏肉を丸めた肉団子。レンコンも細かく切って混ぜ込んだので、シャキシャキした歯ごたえがある。

耀くんは肉団子をひと口食べたあと、断面をまじまじ見つめながら「これは実家で出たことないよな」と首を捻った。

「うん。私のオリジナルメニュー」

「肉団子……というか、つくねか？」

「豆腐と鶏肉が入ってるよ。あと、レンコンも入れてみたの」

「それでこの歯ごたえか」

食べかけの肉団子を口の中に放り込んで咀嚼したあと、耀くんはふんわりと口もとを緩める。

「おいしいよ。料理のレパートリーが増えたな」

「これでも一カ月近く、お嫁さんしてるからね」

誰が誰の嫁だって？　という呆れたツッコミが飛んできそうで、叱られるのを待っていたのだけれど。

「ああ。そうだな」

返ってきた言葉は予想と違っていて、私は箸を止めた。

「……そこはツッコむところじゃない？　嫁にもらった覚えはないって」

「ん？　そうか？」

耀くんは曖昧に返事をして、豚汁の方へ手を伸ばす。どこかぼんやりしている彼をどうしたんだろうと見つめながら、私は首を傾げた。

「耀くん。もしかして疲れてる？」

「いや……ただ、ちょっと考えてた。こんなに料理が上手になって、お前を嫁にもらう男は、幸せなんじゃないかって」

「え……」

これまでさんざん『しっかりしろ』とか『頼りない』とかお小言を食らわせてきた耀くんが私を褒めるなんて。明日は雪でも降るんじゃないだろうか。

リアクションできずに呆然としていると、彼がにやりと口の端を跳ね上げた。

「そもそも、お前をもらってくれる男がいればの話だがな」

「耀くん！」

頬を膨らませながらも、やっぱりいつも通りの彼だったと安心している自分がいる。

耀くんは私を小バカにして悪態をつくくらいがちょうどいい。

彼は目もとを緩めたまま、豚汁のお椀を置いた。

「千紗。週末、空いてる？」

「あ……うん。土日のどっちかに実家に戻って掃除しようと思ってるけど」

「日曜なら掃除に付き合う。その代わり、俺の予定にも付き合ってくれ」

「なにかあるの？」

耀くんが私に『付き合え』なんて珍しい。尋ねると、彼はいつも通り淡々とした声で言った。

「ホワイトデー。選ぶのが面倒だから自分で選んでくれ。好きなの買ってやるから」

律儀にホワイトデーを覚えているくせに、面倒だと言って丸投げするあたりが耀くんらしい。

「面倒って、ちょっと酷くない？」

「サプライズとか苦手なんだよ。使えないものをプレゼントされたって仕方ないだろ？」

「そういう合理的すぎるところ、耀くんらしい」

でも嬉しい。きっと耀くんは私が納得のいくものを見つけるまで買い物に付き合ってくれるつもりだろうから。

「好きなの買ってくれるって本当に？　なんでもいいの？」

「常識的な金額にしろ」

「妹へのプレゼントって、いくらまでなら許されるんだろう？」

私が携帯端末で検索し始めると「許容金額じゃなくて、まずは平均金額から検索しろよ」と呆れた声を上げた。

週末の日曜日。耀くんの車で実家に戻り、ふたりで手分けして家中を掃除した。

昼食は近所の洋食屋でハンバーグ定食をいただいた。のんびりケーキとコーヒーまで注文したら結構な時間になってしまい、「相変わらずお前はマイペースだよな」と耀くんに笑われてしまった。

実家に戻り、残りの掃除をざっと済ませ家を出たのは十六時。車で数駅先の百貨店に向かう。

「で、なにをねだるか決まったのか？」

からかい半分の耀くんに、私はふふっと笑みをこぼした。

お洋服、お財布、バッグ、いろいろと悩んでみたけれど、せっかく耀くんにもらえるのなら肌身離さず着けられるものがいい。

それから、破れたり色褪せたりしてしまったら悲しいから、頑丈で壊れにくいもの。

考え抜いて、アクセサリーを買ってもらおうと決めた。

百貨店の一階にある売り場へと向かうと、まずハイブランドのテナントが目に入ってきたものだから、耀くんはぎょっと表情を歪めた。

「千紗。お前、どれだけ高額なものをねだる気なんだ」

「あっちにちゃんとお手頃価格なアクセサリーも売ってるから」

私が狙っているのは、二十代の女性に人気のプチプラジュエリー。仕事中も邪魔にならないシンプルなネックレスが欲しい。

ショーケースに向かい、歩調を緩めながら中を覗き込んでいると。

「どうせ買うなら妥協しないで、良質なものを買え」

耀くんはそう言って私の手を取り、ハイブランドのテナントへUターンした。

「耀くん、ここは高すぎ！」

「お前に気を遣われるほど給料低くないんだよ」

それは知っているけれど、妹にこんな高額な品を貢いでどうするの……！

躊躇する私を引きずって、ショップに足を踏み入れる。

照明が明るい白から柔らかなオレンジ色に変わって、途端に高級感が跳ね上がった。

このフロアだけラグジュアリーな空気に包まれている。

ここは私が来るようなお店じゃないよ……！　母に連れられて来たことはあるけれど、自発的に訪れるのは初めてで緊張してしまう。

助けを求めるように耀くんを覗き込んでみるけれど、極めて冷静だ。

立ち止まったショーケースには、私の想定よりも一桁、いや、二桁高いネックレスが並んでいる。

「こんな高額なジュエリー、もらえないよ。怖くて身に着けられないし」

スタッフには聞こえないよう、耀くん耳もとに囁きかけるけれど。

「たまには背伸びしてみろ。それとも、ずっと子どものままがいいのか？」

ふんわりと微笑んだ耀くんが、私の背中をトンと押した。

もちろん、子どものままでいたいなんて思っていない。

これまで耀くんは私を〝手のかかる妹〟としてかわいがってくれていたけれど、いい加減ひとりの女性として見てほしい。

「せっかくここまで来たんだし、〝子ども卒業〟のジュエリーをプレゼントしてやる。どうせ贈ってくれるような男もいないんだろう？」

からかうような目線に、私はムスッとして睨み返す。ちょっぴり悔しいけれど、その通りなので反論もできない。

「じゃあ……お願いします」

それから私は、耀くんと相談しながら試着を繰り返した。

選んだのはプラチナのチェーンに小さなダイヤが一粒ついたシンプルなネックレス。

仕事中も浮いて見えないように、あえてダイヤは小さめにした。

「それくらいさりげない方が、気張らなくていいだろう」

私の首もとを見つめながら、耀くんが満足げに微笑む。

身に着けているだけで大人になれた気がしてくる。彼が背中を押してくれているみたいだ。

「ありがとう。これじゃあ、バレンタインの百倍返しだね」

嬉しすぎてふにゃふにゃになっている顔がバレないように、俯きながら胸もとのダイヤを指先でそっと撫でる。

すると、耀くんから予想外のひと言を返された。

「せっかくだから、服も選ぶか」

「え？」

彼は再び私の手を取り、同じテナント内にあるレディースウェアを扱う一角へ足を運んだ。ハイブランドだけあって、上品で洗練された服が並んでいる。

「ど、どうしちゃったの、耀くん」

「その服装じゃ、女子大生だろ」

「え⁉」

思わず自分の格好を見下ろす。今日は掃除をするとわかっていたから動きやすいように、チェックのショートパンツの下に黒タイツを穿いてきた。トップスは朱色のニットで、キャメルのPコートを重ねている。

「これはっ、掃除しやすい格好がいいと思って！　ショッピングだけならもう少しオシャレな服着てきたし、それこそ……デートだって言うなら、ちゃんとかわいい格好すると思うしっ」

「デートの経験もないのに、か？　会社に着てく服とは違うんだぞ？」

うっと唸って押し黙る。オフィスカジュアルもデート服も同じでしょう？　と考えている私は甘いのだろうか。

一方、耀くんの服装を観察してみると、上質なカシミアのコートに、スマートなブラックパンツとホワイトニット。モデルのよさもあるけれど、文句の付けどころのない品のいい大人スタイルだ。

一緒に並ぶと、私たちはどう見ても恋人ではなく兄妹で、虚しい気持ちになった。

「もしかして耀くん、私の隣を歩くの、恥ずかしかった？」

「そういう意味じゃないが」

なだめるように私の頭を撫で回す。

「いつもと違う服を自分で選ぶのは難しいだろ？　誰かが見繕ってやらないと」

そう言って手に取ったのは、アイボリーのシルクワンピ。自分ではなかなか選べない上質な一着だ。

「こんな上品な服、着る機会あるかな……」

「一着くらい、特別感のある服を持っていた方がいい」

「勝負服、ってこと？」

「……まあ、なんの勝負かは置いておくとして。いざってときに自信を持って着られる服があるといいって話」

そう言って、今度は袖と胸もとの透け感が強いブラックのシフォンワンピを手に取った。フェミニンで大人っぽい印象になりそうだ。

「どうだ？」

「う、う～ん……」

「両方似合うとは思うが……まあ、ピンとこないならほかの服にしよう。お前が気に入らないと意味がない」

首を捻りながら、ラベンダー色のパフスリーブシャツを手に取る。

耀くんが新しい服を私にあてるたびに、まるで彼好みに仕立て上げられているようでドキドキする。

好きな人に服を選んでもらうって、こんなに緊張するものなんだ。

「普通は恋人が選ぶものだろうけど。『恋人なんて作らなくていい』って言ったからには、俺が責任持って選んでやらないとな」

「耀くん……」

それは兄としての義務感だろうか。それとも——。

「私がこういう服を着ると耀くんは嬉しい？　その……兄として」

耀くんがきょとんと目を瞬く。

本当に聞きたかったのは、こういう服を着た女性をどう思うかなのだけれど、照れ隠しに『兄として』と付け加えるしかなかった。

「……そうだな。『兄として』は、あんまり綺麗になられると心配だ」

優しい表情に、少しだけ寂しさを混じらせながら答える。余計に謎が深まった気がして首を捻る。

心配と言いながら選んでくれるのはどうして？　耀くんの考えはいまいち理解できない。

「……私じゃよくわからないから、耀くんが選んで」

「自分が気に入ったものを着るのが一番——」

「耀くんが選んだ服なら、胸を張って着られるから」

着飾った自分を見せたい相手なんて、ひとりしかいない。その彼が似合うと言ってくれるならば、自信を持って着られる気がする。

「わかった。……センスを試されてるみたいで腕が鳴るな」

はにかむように笑うと、今度は真剣な顔になって服と向き合う。

最終的に選んでくれたのは、ダスティピンクの上品なセットアップ。試着室から出ると、耀くんは私の全身を見つめながら「これだな」と納得するように漏らした。

「耀くんがピンクを選んだのは、ちょっと意外だった」

ピンクと言っても、くすんだ色味をチョイスしてくれたので、落ち着いた印象に見える。

「アイボリーや寒色系もよかったんだけどな。千紗のイメージだと、柔らかい色味の方がしっくりくるから。……もう少し、落ち着いた色の方がよかったか?」

「ううん、デザインが綺麗めだから充分大人っぽいと思う。気に入ったよ」

耀くんが似合うと思ってくれたのなら、それが一番いい。

「せっかくだから、その服で食事でも食べに行くか」

「え、でも……」

このセットアップ、今着ているキャメルのPコートには似合わない。フェミニンさとボーイッシュさが喧嘩してしまいそうだ。

すると、すかさずスタッフがホワイトのノーカラーコートとクラッチバッグ、ヒールの高いパンプスを持ってきた。

「合わせてみろ」

「これも耀くんが選んだの？」

「ああ。お前が試着している間に見繕っておいた。今のコートやバッグじゃ相性が悪いだろう」

いつの間にか耀くんもメンズのブラックジャケットを持ってきてもらったらしく、スタッフにコートを預けてその場で試着している。

ホワイトのニットの上に合わせると、ジャケットのシックさとニットのこなれ感が合わさってとんでもなくオシャレだ。

「そのジャケット、格好いいね」

私が褒めると「当然だ」と言って誇らしげな顔で襟を直した。そういう毅然とした振る舞いも、彼の魅力をいっそう引き立てる。

購入した服を着て、私たちは店を出た。

着替えただけで周りの景色が違って見えるのだから不思議だ。心なしかいつもより、耀くんの隣を堂々と歩けている気がする。

「豪華なフレンチでも食べに行こう。予約、取っておいたから」

「い、いつの間に……！」

「千紗が着替えている間に、だ」

洋服の会計も食事の予約も、知らない間に済んでいた。どれだけスマートなんだろう。エスコート慣れしすぎていて逆に怖い。

案内されたのは、百貨店から程近いホテルに併設されたレストランだった。本格的な高級フレンチだ。

「もしかして、このお店に入るためにジャケットを？」

「ああ。家を出たときは、こんな予定なかったからな。ちょうどジャケットを新調しようと思ってたし」

窓際の席で向かい合って座る。外はすっかり日が落ちて、二十九階の窓からは美しい夜景が望めた。

こんな場所に、耀くんとふたりでいるのがとても不思議。周囲は恋人同士ばかりのようだし、この場に流れるほの甘い空気にどうリアクションしていいのかわからない。

「……バレンタインの百倍返しどころか、何百倍にもなっちゃったね」

無理やり笑顔を取り繕うと「緊張しすぎだ」とすぐ見抜かれた。

恥ずかしくなって、グラスのシャンパンを喉に流し込む。車を運転する耀くんに合わせて、ノンアルコールのシャンパンだ。

「前にも家族でこういう店に来ただろ」

「そりゃあ家族で来ることはあったけれど」

「男とふたりで来るのは、初めてか？」

わざと思わせぶりな物言いをする耀くんに、ただでさえ意識していたのに追い打ちをかけられ、げほっとむせた。

慌ててグラスを置く私を、彼は笑って眺めている。

「千紗は周りの目を気にしすぎだ。相手は俺だぞ？　緊張する必要なんてないだろ」

言葉通り、耀くんは常に平静。お野菜とホタテが彩りよく配置されたオードブルを綺麗に平らげる。

一緒にいるのが耀くんだからこそ気になるのに。

これっぽっちもこちらを意識していない相手にやきもきしたところで無駄かもしれない。食事を楽しもうと、私もオードブルを口に運んだ。

「でも急にどうして？　高いジュエリーやお洋服を買ってくれたり、豪華な食事をご馳走してくれたり。ホワイトデーにしたって大盤振る舞いすぎじゃない？」

「気まぐれみたいなものだが……お前と来てみたかったんだよ」

誤解しかねない台詞に、再びむせそうになる。

からかっているわけでもないらしく、耀くんは躊躇いがちに切り出した。

「女性と買い物や食事をするとき、楽しくないとは言わないが、心のどこかで面倒だなと思ってしまう」

それは私以外の女性と来たときの感想だろうか。

彼はもう三十二歳、デートくらい当然経験があるだろうし、覚悟もしていた。

本人こそ面倒と言っているものの、それでもそういう人がいたという事実にほんの少り胸が切なくなる。

「だから、お前とだったらどうかなって、試してみたかった」

「……どうだった？」

「楽しかったよ。お前となら。すごく楽だった」

決して悪い反応じゃない。ほかの女性とは面倒でも、私となら楽だと感じてくれる。

でもそれは、私を女性として意識していないからだ。どうでもいい妹だからこそ、彼は自然体でいられるんだ。

「千紗は？　楽しめた？」

「私は……」

尋ねられ、なんて答えればいいのかわからなくなる。

『私も楽だったよ』、そう言えば妹として当たり障りのない反応ができるのかもしれない。けれど、本心は真逆だ。

「……ドキドキしたよ。こんなの、初めてだったもの」

だって私は、耀くんを男性として見ているから。自然体でなんていられない。

「お前は――」

思うところがあったのか、耀くんは額に手を当てて困ったような顔をする。

「まあ、いい予行練習になっただろう。デート本番で慌てないようにな」

けろりとした表情に戻って、耀くんはビスクを口に運ぶ。エビをとろりと煮込んだ風味豊かなスープだ。

本番はこれなんだけどな、と心中で落胆しながら、私もビスクをひと口飲む。

「まあ、お前に本番が来ないことを祈ってる。ずっと俺の手もとにいればいいのにな」

「え？」

意味深な台詞を吐かれて混乱する。それはどういう……聞き返そうとしたところで、ちょうどウエイターがポワソンを運んできた。

「真鯛か。おいしそうだな。千紗は肉料理より、魚の方が好きだろ？」

「あ、うん。肉も好きだよ。でも、魚を選ぶ方が多いかな」

耀くんがナイフとフォークを上手に使って、白身魚をひと口。

「うまいな」

声と表情は淡々としているけれど、テンションが上がっているのを感じて私までほくほくしてくる。

「おいしいね。これ、家で再現できないかな」

耀くんが家でもそんな顔をしてくれたら、すごく嬉しいのに。

「無理だ。お前が作れたらプロのシェフが泣く」

「近い味にならできるんじゃない？」

「そこまで頑張らなくていい。この前、お前が作ってくれた焼き魚で充分うまかった。こういうのは、たまに食べるからいいんだ」

ドライに言い放ちながらも、こっそり褒めてくれている。

結局この人は、妹に甘いのだ。溺甘のあまあまなのだ。

妹の全身を高級ブランドで包み、最高級のディナーでもてなし、『ずっと俺の手もとにいればいい』なんて言って飼い殺そうとするほどの超シスコン。

なんてもったいない人だ。たくさんの女性から言い寄られているに違いないのに。

「耀くんって、本当に恋人いないの？　残念すぎるよ」

思わず心の声が漏れてしまった。

彼は一瞬、ピタリとフォークを持つ手を止めたけれど。

「バカだな。お前がいれば充分だ」

そう言って、最後のひと切れを口に放り込む。

妹の世話で手一杯か。またしても彼の重荷になっていると実感して気が沈む。

ウエイターが口直しのグラニテを持ってくる。小さなグラスの器に柔らかい朱色の氷菓が載っていた。

トマトの甘くて爽やかですっきりとした味わいがして、頭の中がクリアになる。

「ごめんね」

俯いたままぽつりとこぼすと、耀くんのスプーンが止まった。

「どういう意味だ？」

少し強張った声。顔を上げると、怪訝な顔が目に入ってくる。

「私のせいで、恋人ができないって……」

「違う。そういう意味で言ってるんじゃ……ああ、もう、お前は本当に」

なぜか腹立たしげに額を押さえる。やがて、小さなスプーンを私に突きつけた。

「できないんじゃない。作らないんだ。恋人を作るより大事なものがある。意味、わかるな？」

そう言い切って、グラニテをふた口で勢いよく完食する。

恋愛より仕事が大事と言いたいのかもしれない。

自分のプライベートより仕事を優先するなんて、すごく立派だと思う。

「耀くんはお医者様の鑑だね」

私は褒めたつもりだったのだが、耀くんは腑に落ちない顔でグラスのシャンパンを飲み干した。

ディナーを済ませたあと、私たちは自宅マンションに帰ってきた。

地下駐車場に車を停め、通用口からエレベーターホールへ。その間ずっと手は繋がれたまま。

……どうして繋いでくれてるんだろう？

百貨店やホテルの中はそれなりに人がいたから、はぐれないように気を遣ってくれていたとして。マンションの中まで繋ぐ必要は、はっきり言ってないはずだ。

……妹を大事にするのが、癖みたいになってるんだろうなあ。

『ずっと一緒だ』と誓ったあの日から、私を守るのが当たり前になっているのかもしれない。

私と手を繋ぐために、耀くんは反対側の手に紙袋を三つ持っている。着替える前に着ていたコートやニット、バッグなどを入れた紙袋だ。

三つもあると重そうだし、かさばって持ちにくそう。

「耀くん」

呼びかけると、彼はちらりとこちらに目を向けて、ぶっきらぼうに「なんだ」と答えた。

「もう離しても大丈夫だよ」

少しだけ手を上に持ち上げて、アピールする。

「離したいのか？」

「そういうわけじゃないけど、荷物、持ちにくいかと思って」

「平気だ」

提案はあっさり却下され、力強く握り直された。エレベーター前や家の前など、鍵を取り出す場面で一度手が離れるけれど、また繋ぎ直す。

結局、玄関に辿り着いてもそのままだった。私がブーツを脱ぎ終えると、再び手を引いてリビングに向かう。

「耀くん、いつまで手を繋いでるの？」

「ずっと」

「え？」

彼はローテーブルの脇に紙袋を置くと、私の体を抱き込んでソファに座った。

ふわりと体が浮かび上がり、耀くんの膝の間に着地する。うしろから力強い腕が回り込んできて、お腹の前で重なった。

「耀くん？」

うしろからぎゅうされて座るなんて、さすがに子どもの頃以来だ。声を上げると、彼は私の頭の上に顎を乗せた。

「医者の仕事が大切だから恋愛しないいんじゃない。お前が思っているほど、俺はできた人間じゃないんだ」

頭上で掠れた声が響く。ちょっぴり口調が怒っていた。

「俺はこのままでいい。このままがいいんだ」

腕の中にいる私を強く抱きしめながら、自分に言い聞かせるように呟く。

仕事よりも妹の方が大切だと、伝えたいのかもしれない。

……本当に、そう思ってる？

優しい耀くんはたとえ私が邪魔でも、正直に言ってはくれないだろう。不安で胸が押しつぶされそうになる。

私もこのままでいたい。でも耀くんに迷惑はかけたくない。

お腹の前で組まれた手を持ち上げ、きゅっと抱きしめる。

「私も。恋人はいらない。このままがいい」

甘えてはいけないと思いながらも、この手を振り解けない。

私たちが男女として結ばれることは永遠にないかもしれないけれど、ふたりでいられるならそれでいい。高望みなんてしないから。

こうして抱きしめてくれるなら、それだけでいいんだ。

きゅっと目を閉じて、理性をごまかすように彼の温もりをかみしめた。

第四章　キスより先がしたくなったら――

あれから半月が経ち、四月になった。

耀くんは相変わらず忙しくしているとして、新年度は総務の私も大忙し。

新入社員が来たり、三月末で終わるプロジェクトの後始末、四月から始まったプロジェクトの手続きなど、事務処理が山積みだ。

土曜日は久しぶりに休日出勤をして、ようやく休めた日曜日。耀くんは自宅にはいるものの待機だそうで、常にコール用の携帯端末を近くに置いている。

私が部屋の掃除を終えてリビングに戻ってくると、耀くんは膝の上のノートパソコンを閉じ、ソファから立ち上がった。

「昼食、たまには俺が作るよ」

「それくらい私がやるよ。居候の身だし」

「千紗は休憩だ。自室の掃除って言いながら、玄関や廊下、洗面所も掃除したんだろ？　バスルームは普段からしてくれているし」

バレている。だって忙しい彼にお掃除をさせるわけにはいかないもの。

耀くんは「そこで休んでろ」と問答無用で言い放ち、キッチンに立った。

「耀くんだってお仕事してたんでしょう？　パソコンで難しそうな英語の論文、ずっと読んでたじゃない？」

外科医は常に新しい技術を取り入れなければと、休日はだいたい症例報告書や研究論文を読んで過ごしているのだそう。一緒に暮らしてみて、どこまでも仕事にストイックなのだとわかった。

私も間接的にお手伝いがしたいと思い、食事を作ったりお掃除をしたりしている。

「料理をすると思考が整理されるからちょうどいいんだ。押し込んだ知識を、適度な集中状態で反復し脳に定着させる。このステップを踏むことで、今後応用が利くようになる」

難しいことを言っているけれど、きっと料理がいい気分転換になると言いたいのだろう、たぶん。

「じゃあ、お願いするね」

私がソファに座ると、すかさず耀くんが日本茶を煎れて持ってきてくれた。「ありがとう」とお礼を言っても、これくらいどうってことないという顔でスルーしてキッチンに戻っていくのが彼らしい。

「なにを作るの？」

「昨夜の白米が残っているから……オムライスでどうだ？」

ついエプロン姿の耀くんがケチャップでハートを描いてくれている姿を想像して、きゅんと胸が躍る。

「うん。オムライス、好き」

「オーケー」

「……エプロン、使う？」

「ん？　いや、このままでかまわないが。俺が使うようなエプロンなんて持ってたか？」

花柄フリルとは言えず、押し黙る。

三十分後、玉ねぎとベーコンの入ったコンソメスープと、チキンライスの上に玉子がこんもり載ったオムライスが出てきた。

「うわあ、おいしそう」

私がダイニングテーブルで歓声を上げていると、耀くんがキッチンから出てきて「こういうのが好きなんだろう」とケチャップを逆さまに握った。

私の目の前で、玉子の上にハートを描いてくれる。

「よくわかってる……」

「何年一緒にいると思ってる」

私たちは向かい合って座り、いただきますと手を合わせた。

耀くんはスプーンで玉子の真ん中に切れ目を入れる。切れ目に沿って割けた玉子が、ふわふわっとほぐれるように広がった。

「千紗も切れ目、入れるか？」

「だめっ！　ハートが真っ二つになっちゃう」

耀くんが描いてくれたハートが割れるなんて縁起が悪い。

私はハートが割れないように、端っこからいただくことにする。スプーンを差し入れたところから玉子がとろとろと溢れ出てきて、最高においしそうだ。

「なんだか食べるのがもったいないね」

「そんなこと言ってないで早く食べろ。あーんしてやろうか？」

「い、いいよっ」

口の中でチキンライスとふわふわ玉子が踊る。って、私が胃袋を握られてどうする。握らなきゃいけないのは私の方なのに。

「今度は私にリベンジさせて」

「なにに対するリベンジだ？」

半分くらい食べたところで、マンションのエントランスに繋がるドアフォンがピンポンと鳴った。

「なにか荷物でも頼んだか？」

「ううん」

耀くんがキッチンカウンターの横にあるドアフォンのモニターを覗く。

しかし、そこに映った来客を目にした途端、受話口に顔を寄せ、どすの利いた声で「帰れ」と言い放って通話を終わらせてしまった。

「よ、耀くん⁉」

思わず席を立ち彼のもとに向かう。相手はいったい誰だったの？

再びチャイムが鳴り、モニターに映像が映し出された。渋々、耀くんが通話ボタンを押す。

「なんだよ」

『友人に向かって突然「帰れ」は酷くないか⁉』

モニターに映った男性はカメラに指を突きつけて文句を言っているが、耀くんは盛大にため息をつくと「お前を呼んだ覚えはない」ととんでもない塩対応で通話終了ボタンを押した。

「い、いいの……？　友人って言ってたけど」

「かまわない」

なに食わぬ顔で席に戻り、オムライスの続きを食べ始める。

しかし、自称友人も黙ってはおらず、再びチャイムを鳴らし始めた。

「あの、耀くん。出た方が」

「無視していい」

「ええと、不審者ではないんだよね？」

「……知人ではある」

何度も懲りずにチャイムを鳴らしてくるので、さすがに無視するのも不憫に思われ、私は通話ボタンを押した。

「……あの、せっかく来てくださったのに申し訳ありません。兄が、また後日にしてほしいと――」

やんわり断ろうとすると、男性はカメラの向こうで目を大きく見開いた。

『あ、もしかして千紗ちゃん⁉』

突然呼びかけられ、私はカメラの前でびくりと肩を震わせる。

どうして私の名前を知っているのだろう。会ったことがある？

「はい、千紗ですが……」

『わー久しぶり、俺、土岐田っていうんだけど、覚えてない？』

「え、ええと、土岐田さんって……たしか、医学部で兄と親しくしてくださってた？」

耀くんが医学部に通っていた頃、一度だけ友人を自宅に連れ帰ったことがあった。顔ははっきり覚えていないけれど、そういえばそんな名前だった気がする。

『そう、それ！　久しぶりだね、また会えて嬉しいよー。ね、ちょっとだけ千紗ちゃんに挨拶したいから、ここ開けてくれない？　ほら、お土産も持ってきたんだ。これ渡したらすぐ帰るから、ほんのちょっとだけ開けて』

そう言われるととても断りにくい。ちらりとうしろを振り返ると、耀くんが不機嫌オーラ全開でこちらを見ている。

でも、お土産までわざわざ持ってきてくれたというし、無視するのも申し訳ない。

「ロビーで少々お待ちいただけますか？」

そう断ってエントランスのロックを開錠すると、耀くんは「千紗！」と慌てて立ち上がった。

「耀くん、私、ちょっとだけ行ってくるね」

「あのなあ。お前だけ行かせられるわけないだろ」

「大丈夫、少しご挨拶するだけだし」

「そもそもお前に会わせたくないから家に上げなかったんだよ」

それって、私を知人に紹介したくないってこと？

おずおずと見上げると「もういい。さっさと終わらせるぞ」と私の頭に手を載せリビングを出た。ぶつぶつ言いながらもついてきてくれるようだ。ふたりで玄関を出て、エレベーターに乗り込む。

土岐田さんに初めて会ったのは、私が中学生のときだ。

黒髪で服装も硬派な耀くんに対し、土岐田さんは金髪にエッジの効いたファッションで、医学生とは思えないほど派手だったのを覚えている。

十年以上経った今でも雰囲気は変わらずオシャレだ。

赤とベージュのチェックジャケットにネイビーのシャツ。髪の色は昔より暗く落ち着いた印象だが、センターパートのパーマヘアは医者というより美容師かアパレル店員といった雰囲気だ。

ちなみに身長は耀くんよりは低いものの、一八〇はあると思う。スマートで中性的な顔立ち。モテるに違いない。

並んで歩くとナンパばかりされて嫌だと、以前耀くんが漏らしていた。ふたりして
モデルかなにかと間違われるのだろう。
ロビーのソファに座って携帯端末をいじっていた土岐田さんは、私たちの姿を見る
と、立ち上がって大きく手を振った。
「わあ、千紗ちゃん、大きくなったね。っていうか、すごく綺麗になった。見違えち
ゃったよ」
土岐田さんが大袈裟に褒めてくれるものだから、たじろいでしまう。私は耀くんの
背中に半分隠れつつ「お久しぶりです」と頭を下げた。
「妹に色目を使うな。だから会わせたくなかったんだ」
耀くんが隠そうともせず毒を吐く。土岐田さんは「相変わらずシスコンかあ」と苦
笑いを浮かべた。
初めて会ったときも土岐田さんは「かわいいねー」と私を褒めてくれた。向こうは
二十歳、私は中学生、決して口説こうとしていたわけではない。
けれど耀くんは『妹に手を出すな』と本気で土岐田さんを威嚇。それ以来、シスコ
ン認定されてしまっている。
「だって本当に美人になってたからさ。千紗ちゃんも、いろいろな人に言われるでし

よ？」

「いえ、言われません……」

「みんなシャイだなー」

「軽々しくちゃん付けで呼ぶな。ほら、すぐ帰るんじゃなかったのか。もういいだろ」

耀くんがシッシッと追い払う仕草をする。土岐田さんは「今日は一段と塩だな」と肩を竦めた。

「お前が言い出したんだろ。今は妹と一緒に暮らしてるから、いざというときは頼みたいって」

土岐田さんの言葉に、私は「え？」と耀くんを見つめる。

耀くんは苦々しい顔をして大きく肩を落とした。

「仕事柄、どうしても連絡がつかない時間帯があるからな。ただでさえ千紗は変な男に追い回されるから、俺以外に駆けつけられる人間がいれば少しは安心だと思ったんだよ」

そう言えば以前耀くんが、緊急連絡先として紹介しておきたい人がいるというような話をしていたけれど、もしかして土岐田さんのことだったの？

「……が、やっぱりやめた。土岐田を紹介するのは逆に不安だ。聞かなかったことにしてくれ」

耀くんが踵を返して部屋に戻ろうとしたから、土岐田さんは慌てて「いや、お前、俺をなんだと思ってるんだよ」と引き留める。

「俺だってさすがに親友の妹に軽々しく手を出したりしないよ？」

「秒で口説いたのはどこのどいつだ」

「ちょっと褒めただけだよ。ほら、手土産持ってきたから、ふたりで食べて」

そう言って土岐田さんが白い紙袋を掲げる。袋には patisserie（パティスリー）の文字。

「本当はみんなで食べようと思ったんだけど、久峰のシスコンは想像以上みたいだし」

「誰がシスコンだ」

耀くんがかみつくような目で土岐田さんを睨む。

ふたりのやり取りを見る限り、今でも仲がいいのは間違いなさそうだ。

まがりなりにも耀くんが一度は私に連絡先を教えようとした人だ、それなりに信頼できるに違いない。

「あの、耀くん。上がってもらわない？　せっかくお土産まで持ってきてくれたのに、追い返すのも失礼だし」

私が切り出すと、耀くんはぎょっとした顔をして、逆に土岐田さんはキラキラと目を輝かせた。

「千紗ちゃんってすごいいい子じゃん。どうしてあんなつれない兄貴のもとで、こんな天使が育つんだろう。神様が優しさの配分間違えたのかな」

「千紗。お前は甘すぎる。だからすぐ男に勘違いされるんだ」

両側からまくし立てられ、混乱する。

というか、このコントのようなやり取りがいい加減恥ずかしくなってきた。奥にあるコンシェルジュカウンターから、お姉さんたちがじっとこちらを見つめている。

……もしかしたら、耀くんと土岐田さんのモデル張りのルックスに見蕩れているだけかもしれないけれど。

「この続きは部屋でしません？」

カウンターに目を向けて訴えると、耀くんはうっと唸り、渋々土岐田さんを部屋に案内した。

そういえば、まだ昼食が途中だった。

リビングに招かれた土岐田さんは、ダイニングテーブルに置かれたハートケチャップのオムレツを見て「え。兄妹でオムライスにハート?」と驚愕する。

「土岐田。お前、腹は?」

「いや、そこまで減ってない。あー、いや、減ってる」

「なぜ発言を覆す」

「千紗ちゃんの手作りオムライスなら食べたいなと思って」

「作ったのは俺だが?」

土岐田さんはぴしりと固まって「あのハートはお前が——」と言いかけたけれど、耀くんの猛禽類を彷彿とさせる鋭い眼差しに押し黙った。

「ソファに座ってろ。茶くらい出してやる」

「了解。ふたりともゆっくり食べてて。俺はここでのんびり待ってるから。あ、デザートはみんなで食べようね」

とはいえ、沈黙も気まずい。でも土岐田さんをスルーして耀くんと会話を続けるのはもっと気まずい。

「あの、土岐田さんは耀くんと同じく、脳外科医なんですか?」

オムライスの残りを食べながらソファに座る土岐田さんに話しかけると、彼はこちらに身を乗り出して笑顔になった。

「俺も外科医だけど、専門は消化器だよ。もともと別の病院に勤めていて、去年から久峰と同じ礼善総合病院で働き始めたんだ。引き抜きってやつ」

キッチンでコーヒーを淹れている耀くんに同意を求めるような目線を送る。

引き抜きってことは、きっと腕の立つお医者様なのだろう。

「優秀な方なんですね」

「優秀なのはこいつの方だよ。いざ病院に招かれてみたら周りから『天才』なんて呼ばれてるから驚いた」

私もまさか『天才』とまで呼ばれているとは思わなくて驚く。

そういえば耀くんから、詳しい仕事の話は聞いた覚えがない。

「耀くんってそんなにすごいんですか？」

尋ねてみると、土岐田さんは自分のことのように「もちろん」と胸を張った。

「脳神経外科の専門医資格を取るのって、かなり難しいんだ。こいつは最短で取得した上に、この若さで難易度の高い手術をいくつも成功させてる。かなり異例だよ」

私はスプーンを止め、話にかじりつく。他人から見た耀くんの評価が聞けるのは貴重だ。

「なにより、こいつの指導医がいいんだよね。世界的権威でゴッドハンドって呼ばれてる人だからさ。そんな人のお墨付きがなきゃ、三十代前半で難手術なんて回ってこない。脳外科で活躍している医師って、四、五十代のベテランがほとんどだからさ」

「そうなんですか……！」

耀くんはすごい人に教わりながら、お仕事を頑張っているようだ。感心していると、当の耀くんは土岐田さんにコーヒーを運びながら呆れた声を漏らした。

「お前、人のことを知ったようにぺらぺらと」

「褒めてんじゃん。妹に格好いいところ、知っておいてほしいだろ？」

耀くんはコーヒーを土岐田さんの前に置き、苦い顔でダイニングテーブルに戻ってくる。

「私も耀くんのこと、もっと知りたい」

「だよねー」

私たちの様子を見て、あきらめたように残りのオムライスを食べ始めた。

「脳ってさ、至るところに神経が張り巡らされてんの。切開箇所が0・1ミリ、ズレただけでもアウトなんだよ。通常の外科手術なら、多少はズレてもリカバリが利くし、臓器を傷つけてもある程度は回復してくれる。でも、脳細胞や神経は一度傷つけたら二度と回復しない。運よく命が助かっても、重い障害が残る」

土岐田さんの講義に、私は食べるのも忘れて真剣に聞き入る。

耀くんにとっては当然の話なのだろう。黙々とスプーンを動かしている。

「しかも、ほかの臓器とは比べ物にならないほど術野が狭い。常にぎりぎりの綱渡り。それが、脳外科が一番難しいと言われてる所以なんだよ。そんなプレッシャーの中で手術をするには、とんでもないメンタルが必要になる」

「脳外科医の方って、すごいんですね」

「うん。とくにこいつが天才って言われている訳を教えてあげようか」

こくこく頷くと、土岐田さんはコーヒーをひと飲みしてこちらに向き直った。

「去年の終わり頃だったかな。とあるお嬢様が脳腫瘍の手術を受けることになったんだ。通常なら開頭手術――頭の骨を大きく開いて手術しなきゃならないところを、お嬢様は極小の切開で成功させてほしいと無茶な依頼をしてきた」

土岐田さんが自身の頭を指さし、切開箇所を身振り手振りで伝えてくれる。

「女性ですし、傷が残るのが嫌だったんでしょうか。髪の毛も大事ですし」

「近年は髪を残したまま手術をするのが主流なんだ。丸刈りなんてまずないし、傷痕はだいたい髪で隠れるから見た目的にはそこまで問題にならない。切開箇所を狭めてオペの難易度が上がる方が大問題だよ。成功率は下がるし、後遺症のリスクも増す。普通なら患者に妥協してもらうところだ」

いつの間にか耀くんはオムライスを食べ終え、食器を片付けている。

せっかく耀くんが作ってくれたオムライスだ、私も頬張りながら土岐田さんの話に聞き入った。

「無茶な手術を強行して失敗でもすれば、医師生命が絶たれかねない。普通の医師ならやらない。でも久峰は患者の意向を優先して、その超難易度のオペを引き受けたんだ。で、見事成功させた」

「俺ひとりの力じゃない」

キッチンから耀くんが口を挟む。

「西城先生――指導医が補佐に回って、要所要所で指導してくれてた」

「だけど執刀したのは久峰だろ？　実際、あの一件でお前は天才って呼ばれるようになったんだし」

耀くんは居心地が悪そうな顔をする。否定しないところを見ると事実のようだけれど、天才なんて呼ばれるのはあまり好きではないのかもしれない。

「それにしても、よくそんな細かい話まで知っているな」

「勝手に耳に入ってくるんだよ。うちの病院はお前の噂で持ち切りだから。とくに院長の娘さんとの縁談話とか」

「土岐田」

耀くんの顔色が曇る。私には聞かれたくなかったようだけれど、聞こえてしまったからにはスルーできない。

「縁談……？」

その意味深なキーワードを拾い上げると、耀くんは嘆息し、反対に土岐田さんは笑みを深めた。

「その超難易度の手術をご指名してきたワガママお嬢様が、うちの院長の娘さんだったってわけ。久峰は院長のお気に入りなんだよ。婿になって後を継いでくれって熱烈オファーを受けてる」

「そうなの……？」

そんな重要な話、初耳だ。問い詰めるように尋ねると、耀くんは目を逸らしたままぶっきらぼうに答えた。

「縁談を申し込まれたのは事実だが、断った。俺は結婚する気なんてないし、次期院長の座にも興味はない」

「院長の娘さん、自分の命を救ってくれたゴッドハンドにぞっこんだって話だよ？」

「なら西城先生と結婚すればいいだろ」

「西城先生は五十手前だぞ？　さすがに年の差がありすぎる」

耀くんは無関心な顔をしているけれど、私はそわそわして仕方がなかった。

彼と結婚したいと思っている女性がいる、その事実に精神が追い詰められる。

「それにお前、例の手術を成功させたことで、西城先生から後釜に指名されたんだろ？　院長は絶対お前を手放さないと思うな」

「迷惑な話だ」

耀くんは私たちの分もコーヒーを淹れてソファに持っていく。

手土産を開けると、中はカラフルなマカロンだった。私は自分の食器を片付けるついでに、小皿を三つローテーブルに運ぶ。

「院長の娘、美人らしいじゃん。結婚しちゃえば？　将来、安泰だぞー？」

一瞬、びくりと足が震える。

からかわれているのは耀くんなのに、なぜ私が動揺するのだろう。

耀くんは恋人はいらないって言ってた。でも、この結婚がキャリアになるとしたら？　仕事のためになる結婚なら、してもいいと考えるかもしれない。

耀くんはどう思ってる……？

ソファにどっかりと座り、腕を組んだ耀くんを、私は小皿を差し出しながら探り探り覗き込む。

「こんな危なっかしい妹をひとり置いて、結婚なんてできるわけがあるか」

彼の反応は、予想通りであると同時に、私を追い詰めた。

縁談を断ったのは自分の意志ではなく私のため？　私が耀くんの将来を邪魔してる？

ずきずきと胸が痛み始める。

そのとき、テーブルの端に置いてあったコール用の携帯端末が大きな音を立てた。

耀くんが鋭い目つきになり「はい、久峰」と即座に応答する。

「嫌な予感……」と頬を引きつらせる土岐田さん。私も同感だ。

耀くんは幾度か「はい……ええ」を繰り返し、最後に「土岐田もいます。……わかりました」と通話を終わらせ、立ち上がった。

「今、俺を巻き込まなかった？」

土岐田さんが嫌そうな顔をしながら、言葉通り重い腰を上げる。

「交通外傷で複数名が搬送予定だそうだ。頭部出血一名、それから内臓損傷の疑いが数名。お前に連絡を取る手間が省けて助かったと言っていた」

「結局はこっちにも連絡が来るのか。しょうがないな~」

「車の鍵を取ってくる」

言い終える前に耀くんはリビングを出て自室に向かっていた。

土岐田さんは「あーあ、マカロン食べ損ねた」と嘆きながらもジャケットを羽織る。

「せっかく来てくださったのに、なんのおもてなしもできずにごめんなさい」

私が声をかけると「バタバタしてごめんね」と頭をかいた。

「千紗ちゃんも大変だね。お兄ちゃんのお守りで」

「とんでもない、私が守られてばかりで」

「いや、あれは逆でしょ。久峰が千紗ちゃんに依存してるんだよ」

不意に声を低くした土岐田さんに、私は「え?」と聞き返す。土岐田さんの笑顔は、なんだか意味深に見えた。

「ねえ、千紗ちゃんって本当に彼氏とかいないの?」

「あ、はい。いませんが……」

「そっかあ」

そのとき、耀くんがリビングに顔を出し「準備ができた」と声をかけてきた。

先に玄関へ向かった耀くんを追いかけながら、土岐田さんは独り言のように漏らす。

「いっそ千紗ちゃんに彼氏でもできれば、あいつも自分の将来を考えられるようになると思うんだけど」

「え……」

そのひと言に私は足を止める。自分が先に恋人を作るという発想はなかった。

私に彼氏ができれば——安心して妹を任せられるような男性がいれば、耀くんは自由になれるの？

「あ、千紗ちゃんを責めてるわけじゃないんだよ？」

慌ててフォローする土岐田さんに、「あ、はい……」と心ここにあらずな返事をする。

「まあ、兄の束縛がしんどくなったら言ってよ。力になるからさ。ちなみに俺はいつでも恋人募集中～」

本心か建前か読み取れない調子で、にっこりと笑う。

廊下に出ると、耀くんはすでに玄関で靴を履き終わっていて、土岐田さんに早くしろと目でアピールしていた。

「じゃあね、千紗ちゃん。マカロン食べてね」

「ありがとうございます。お気をつけて」

耀くんは玄関のドアを開けて土岐田さんを外に促すと、こちらに向き直った。

「千紗、悪い。留守を頼む」

「うん。お仕事、頑張ってね」

私は手を振って耀くんをお見送りした。なんとか笑顔を繕ったけれど、先ほど土岐田さんに言われた内容がまだ頭を巡っている。

「……私に恋人ができれば、耀くんは安心して自分の幸せに目を向けられる？」

リビングに戻りながら、ひとり呟く。

とはいえ、これまでお付き合いをしたいと思える男性はいなかった。それどころか、付きまとわれたり無理に迫られたり、嫌な思いをしてばかりだ。

耀くんが安心して私を預けられる男性なんている？　いつまで待ったところで、そんな男性が見つかるとは思えない。

そう自問自答しながらも、ふと土岐田さんの『俺はいつでも恋人募集中～』というお気楽な言葉を思い出し、足を止めた。

「土岐田さんだったら、耀くんは安心できるのかな？」

なんだかんだ塩対応ながらも、土岐田さんを信頼しているように見えた。

私の恋人が土岐田さんだったら認めてくれるかもしれない。とはいえ——。

「いろんな意味で、考えられないな……」

耀くん以外の男性と恋愛をするのは、学生時代に幾度かチャレンジしてあきらめた。私が好きになれるのは、やっぱり耀くんしかいないのだ。

それに土岐田さんは耀くんに負けず劣らずのモテ男に違いない。医師という肩書きに加えて、あのルックスだ。

「口では恋人募集中なんて言ってたけど、リップサービスって感じだろうし」

『親友の妹に軽々しく手を出したりしない』とも言っていた。軽そうに見えてちゃんとした人なのかもしれない。

ふうと嘆息して、食器を片付ける。

「今日は帰り、遅いのかな……」

何時に帰ってくるかはわからないけれど、いつも通り夕飯だけは作っておこう。ぼんやりと献立を考えながら食器を洗った。

耀くんが自宅に戻ったのは、二十一時過ぎだ。ちょうどお風呂に入ろうとしていた私は、帰ってきた彼と廊下で鉢合わせた。

「おかえりなさい。お疲れ様」

「ただいま。夕飯、残ってる？」

「うん。煮物と鮭の西京焼きなんだけど、食べられる？」

「おかずだけもらう。自分でやるから大丈夫だ。千紗は風呂に入ってろ」

廊下から耀くんがキッチンに入っていくのを見守る。煮物の入った鍋を火にかけ、ラップしておいた鮭を電子レンジに入れた様子。大丈夫そうなので、勧められた通りバスルームに向かう。

お風呂から上がってリビングに行くと、耀くんはすでに食事を終え、洗い物をしていた。冷蔵庫にあるミネラルウォーターを取ろうとキッチンに入ったところで、耀くんが切り出した。

「負傷者の多い事故だったが、全員一命を取り留めた。うちの院内でもとくに腕のいい外科医たちが処置にあたれたのも幸いした」

詳しい仕事の話はあまり聞かないようにしている。人の命を扱う仕事柄、口にしたくないことも多いはずだ。

でも珍しく耀くんの方から切り出したのは、私が気にしていると思ったからだろう。

「ネットで事故のニュースを見たよ。重傷者がいるって報道されてたけど、助かったならよかった」

「危なかったけどな。まあ、土岐田もあれで一応、外科医としては優秀だから」

「一応って失礼じゃない？　ちゃんとしたお医者様に見えたよ？」

「いや、どう見ても軽薄だろ。やっぱりお前の目は節穴だ」

洗い物を終えた耀くんが、私の肩にかけたタオルを持ち上げ、髪をくしゃくしゃと拭き始める。

「わわっ」

「じっとしてろ」

タオル越しに耀くんの手の感触が伝わってくる。硬くて力強くて男らしいのに、優しくて丁寧で心地よい。この瞬間、彼が私だけを見ててくれると思うと幸せだ。

――って、満足している場合ではない。こうやって甘やかされてるから兄離れできないのだ。

「も、もう平気だよ。自分でできるから大丈夫」

頭にタオルを被ったまま、逃げるようにソファに向かう。火照った顔を隠すように髪を拭いていると、耀くんがふっと吐息を漏らすのが聞こえた。

足音が近づいてくる。ことりと音がして視線を上げると、テーブルにミネラルウォーターのペットボトルが置かれていた。

飲み物を取りにキッチンへ行ったのに、肝心のそれを忘れてくるなんて。動揺しているのがバレバレだ。

「いいか千紗。ああいう、かわいいとか綺麗とかすぐ言う男は信じるな。誰にでも言ってるんだから」

しばらくすると再びお小言が始まる。

「でも耀くんは土岐田さんを信じてるんだよね？　十年以上、仲良くしてるんでしょ？」

逆に尋ねてみると、「まあ、そうだな……」と言い淀み、私の隣に腰を下ろした。

「土岐田は調子のいいことばかり言うが、あれで根は真面目だ。仕事は手を抜かないし腕もいい。友人の妹に手を出すほど節操がないわけじゃない――と思いたい」

顎に手を添え、自分に言い聞かせるように呟く。

「そっか。あんなこと言ってたけど、本当は真面目な人なんだ……」

『いつでも恋人募集中』は、やっぱり冗談だったみたいだ。

すると、耀くんが眉をひそめて詰め寄ってきた。

「あんなことってなんだ？」

しまったと気づき硬直する。思わせぶりな言い方をしたから、耀くんの心配性センサーが反応してしまった。

「な、なんでもないよ!」

「まさか、俺が目を離した隙に口説かれたんじゃないだろうな?」

「ち、ちがうちがう!」

勢いよく否定したから余計怪しく聞こえたようで、疑いの眼差しをこちらに向けている。私は慌ててフォローに回った。

「親友の妹には手を出さないって言ってたじゃない、もっと信用してあげなよ。休日にわざわざ手土産まで持って遊びに来てくれたんだよ? 私に気を遣ってたくさんお話ししてくれたし、耀くんのこともたくさん褒めてくれてたし。しかも、腕のいいお医者様で――」

普段以上に饒舌な私を見て、耀くんがいっそう怪訝な顔をする。

「……ずいぶん土岐田を買ってるみたいだが。まさか惚れたなんて言わないよな?」

あ、と私は口ごもる。フォローしようとして持ち上げすぎたかもしれない。

「ほ、惚れたとは言わないけれど……素敵な人だなあとは思ったよ。格好いいし、優しそうだし。耀くんが信頼するだけあるなって」

私としては耀くんのお墨付きというだけで信頼に足る。しかし当の耀くんは「そこまで薦めた覚えはない」と不満げに漏らした。

「とにかく、土岐田はやめておけ。というか、認めない」

「なっ——」

もちろん交際を考えていたわけではない。でも、土岐田さんですら反対というなら、誰なら安心して私を預けられるのだろう。

このままでは耀くんの人生が私のお守りで終わってしまう。

「耀くんだって、妹を任せるなら信頼できる人がいいんじゃないの？　私が全然知らない男性を連れてくるより、土岐田さんみたいによく知っている人の方が——」

「信頼する人間だからといって、千紗を任せたいとは微塵も思わない。他人に任せるくらいなら、俺が千紗のそばにいる」

身も蓋もない発言に唖然とする。

「そりゃあ私だって、耀くんとずっと一緒にいたいけど——」

それが耀くんのためになるのかと言われたら、そうは思えない。

「私と一緒じゃ、できないこともあるんだよ？」

義理の兄妹だから法律上、結婚は可能だ。でも私を妹としか見ていない耀くんは夫婦になろうなんて思わないだろう。

私が相手じゃ、恋愛も結婚もできない。子どもを産んで家庭を作ることだって。愛するパートナーと生涯をともにする、そんなささやかな幸せすら得られない。

「できないことってなんだよ」

「それはもちろん、恋愛とか結婚とか——」

続きを言おうとしたところで、耀くんが顔を近づけてきた。真剣な顔が眼前に迫ってきて、呼吸が止まる。

「恋愛がしたいから、土岐田に興味を持ったのか？」

「え……」

感情の読み取れない目が私の胸の内を覗き込んできた。

怒っているような嘆いているような——燃え盛る激情を瞳の奥に感じて動揺する。どうしたのだろう。いつもの耀くんとは違う気がする。

「俺相手にはできないことを、土岐田としたいのか？」

トン、と指先で胸もとを押されて、ソファの背もたれに倒れ込んだ。その上に覆いかぶさるように彼が迫ってきて、ごくりと息を呑む。

「恋人とするような、体の繋がりを求めているのか、千紗は？」

違う――しかし、否定する前に耀くんが肘をソファの背もたれにつき、逃げ場を封じた。顔の距離がぐっと近づく。

「だったら余計に、俺でいいだろう」

「なに、言って――」

「血の繋がりはない。まして、お前にとって俺は、兄というよりは男のはずだ」

まるで見透かすような目を向けられ、言葉に詰まる。

私が耀くんを男性として意識していると、とっくに気づいている？

十年以上隠し続けてきた秘密が、すでに暴かれていたことに動揺する。

鋭い彼を相手に隠し通せると思っていたこと自体、間違いだったのかもしれない。

私の態度はきっとわかりやすかったはずだ。

「それとも、俺では満足できない？　たとえ血が繋がっていなくとも、ずっと兄のように接してきた人間とそういう行為をするのは……耐えがたいか？」

そうじゃない。でも否定すれば、耀くんへの恋愛感情を認めることになる。

私の中ですでに彼は男性で、触れたくて、叶うなら兄妹の一線を越えたくて。

でも、これを口にしてしまったら、きっともう戻れない。今の生活も家族としての信頼も、すべて失ってしまいそうで怖い。

「じゃあ、耀くんは……」

私を女性として見られる？

そう尋ねたくて、でも口に出せなくて、まるで八方塞がりだ。

しかし彼は涼しい顔で、躊躇いもなく口を開く。

「俺はかまわない。千紗が幸せになれるなら、なんでもする」

そう言って、まるで試すかのように私の鼻先に唇を寄せた。

ちゅっと甘い水音がして、ひんやりとした感触が鼻の頭に触れる。頬にキスをしてもらったことはあったけれど、鼻は初めて。

硬直していると、耀くんは少しだけ顔を離し「どうする？」と呟いた。

「拒まないなら……するぞ？」

私の頬に人差し指を滑らせ、顎までできたところでくいっと押し上げる。

恋愛経験ゼロの私でも、耀くんがなにをしようとしているのか察しがついた。

もったいぶるようにじっくりと顔を傾け、唇までの距離をなくしていく。私に拒む時間を与えているのかもしれないし、反応を探っているのかもしれない。

……拒まなきゃ。でも、拒みたくない。

結局私はなんの抵抗もできず、彼の唇を受け止めた。

ひやりとしたのは一瞬で、柔らかな温もりに包み込まれる。感触を確かめるかのように唇が緩慢に動き、絡み合う。

これがキス。兄妹の絆の、さらに先にあるもの。

「耀、くん」

両手でそっと彼の胸を押し返し、覗き込む。

涼しいのに熱くて、甘いのにスパイスの利いたその表情は、初めて目にする雄の顔。

本能に従い獲物を捕食せんと、狙いを定める顔だった。

「なんだ」

尋ね返すそのひと言すら、男の色気に満ちている。

戸惑いと喜びがぐちゃぐちゃになってよくわからない。

十年以上、恋焦がれていた大好きな人と、ようやく一線を越えた。

その事実は嬉しいはずなのに、彼の気持ちが読み取れなくて、素直に喜んでいいのかわからない。

「なんて顔してるんだ」

不満げに囁いて、再び私の唇を奪う。

「んっ……！」

さっきよりも荒い口づけに、思わず声が漏れる。

口内を撫でられただけで、どうしてこんなにもうっとりと意識が遠のいていくのだろう。大好きな人がしてくれるから、こんなに気持ちがいいのだろうか。

力が抜けて、ソファの背もたれからずるずると滑り落ちていく。

座面に頭がついたところで、彼が体を離し私に影を落とした。

「キス程度でそんなになって。どれだけちょろいんだよ、お前は」

「え？」

ふと頬の熱さを自覚して、顔が蕩けているのに気がついた。きっと情けない顔をしていたと思う。

「だって……こんなの、初めてで。わけわかんなくて……」

あわあわと言い訳すると、彼は短く息をつき体を起こした。

立ち上がり、涼しげな眼差しで私を見下ろす。

「……この先がしたくなったら言え」

それだけ言い残し背中を向けると、リビングを出ていってしまった。

ドアの閉まる音が響き力が抜けた私は、ソファの下にしゃがみ込み、感覚の麻痺した唇を押さえる。

「この先って——」
言葉にして余計に頬が熱くなり、後悔する。
望んだ結末にいるはずなのに、どうしたらいいのかわからない。
耀くんが好きだ。ひとり占めしたい。私だけの彼でいてほしい。その気持ちは確か
なのに、頭の中で本当にこれでいいのかと責め立てるような声がする。
結局耀くんは、私のことをどう思っているの？　この先に耀くんの幸せはあるの？
明日からどんな顔をして彼の前に立てばいいのか、わからなかった。

第五章　俺は義妹を愛しすぎた

手術はすでに五時間を超えている。俺は手術室の後方に立ち、術野を映すモニターを見つめていた。

執刀しているのは、俺と同じく脳神経外科専門医の前鶴だ。

年齢は俺の三つ上。しかし、専門医認定試験に合格してからの年月でいえばそう変わりなく、経歴的には大差ない。

だからこそ、向こうは俺に敵意を剥き出しなのだが。

「っ……辿り着いた。ようやくっ……」

脳外科手術は非常に微小なため、マイクロサージャリー――手術用顕微鏡を覗きながらの作業となる。

双眼の顕微鏡の前で目を見開きながら前鶴は歓喜するが、その声は疲れ切っていた。

無理もない。脳外は0・1ミリ手もとが狂っただけで取り返しがつかない世界。

土岐田も千紗を相手に説明していたが、神経や細胞をわずかに傷つけただけで障害が残り、最悪死に至る。

血管も密集しており、傷つければあっという間に術野は血の海だ。止血が遅れ血流が滞れば、脳は脆くも機能を失う。かといって、慌てて処置すればさらなる悲劇を招きかねない。

繊細さに加え、スピードも問われる。正確無比に、集中力を切らさず高速で処理し続ける。そんなプレッシャーと長時間戦い続けるのが脳神経外科の手術だ。

密集した脆い血管をかきわけ、脳の深部へと進み、ようやく瘤を視認。あれが動脈瘤だ。根元をクリッピングし瘤へ供給される血流を止め、破裂を阻止できれば今回の手術は成功となる。

だが――動脈瘤の周囲に血管の癒着が酷い。

「……剥離する」

髪の毛ほどの細さの血管を、一本一本慎重に剥がしていく。誤って血管ごとクリッピングすれば後遺症は避けられない。

前鶴は過度の緊張状態にあるのだろう。指先に力を加えるたびに息を止め、また息を止め、次第に呼吸が浅く速くなっていく。

いいコンディションとは言えない。紙一重で進んでいく。

落ち着けと言ってやりたいが、俺が言っても余計に焦るだけで逆効果だ。

「あと少し……！」

明らかに気の逸った前鶴の声が手術室に響いた。緊張が途切れた、その瞬間。

モニターが真っ赤に染まる。動脈瘤の嚢が裂け、血が噴き出したのだ。

「破けた！　吸引器、早く！」

助手の悲鳴に器械出しの看護師が慌ただしく動く。

前鶴は愕然として一瞬フリーズしたが、すぐさま止血の処置に移った。

しかし、出血量に対して吸引が追い付かない。術野には血が溢れたまま、動脈瘤も視認できない。これでは処置どころではない。

「くそっ……止まれぇ！」

出血が続き視野が開けない。ただでさえ術野が狭く難易度が高い。これ以上手間取れば命の危険が出てくる。

「血圧下げて！　このままクリッピングする」

前鶴が麻酔科医へ指示。血圧を下げれば処置はしやすくなるが、脳への損傷は免れない。癒着した血管もそのままで強硬しようとしている。運よく命は助かっても麻痺が残るだろう。

彼は自身の手には負えないと判断したようだ。後遺症のない完璧な処置をあきらめ、命を助けるための最低限の処置へ切り替えた。

自身の実力を把握した上での最良の決断だ。だが——。

「代わってください。あとは俺がやります」

俺ならやれる。そう判断し声をかけた。

前鶴がかみつくような目をこちらに向ける。敵対意識を燃やす相手に助けてもらうなど、彼のプライドが許さないのだろう。

だが、うまくいけば俺に責任を押し付けられると踏んだか——。

「やれるものならやってみろ……！」

周囲には聞こえない小さな声で囁いて執刀を代わる。

息をつく暇はない。俺はすぐさま顕微鏡を覗き込み、吸引器を血の海に差し入れた。

「一時的に血流を遮断して剥離を再開する。血圧は上げて」

「バカな、患者が死ぬぞ！　さっさとあきらめて止血しろ！」

背後の罵声を無視し、俺は吸引した瞬間に見えた癒着した血管を脳内で3D化する。

処置のイメージを組み立て、時間を算出した。

「問題ない。一分あれば剥離できる」

「あれを一分なんて無理だ！」

「やれる」

血管を一時的にクリッピングし、術野を確保する。一秒が惜しい。イメージ通りに迷いなく指先を動かし、癒着した血管を剥離する。

「速い……！　これなら！」

興奮した助手が声を上げた。反対に前鶴は「嘘だ……」と絶望的な呟きを漏らす。モニタリングの数値が脳の限界値を示し、警告音を発する。

これ以上時間をかければ命が危ない。成功と失敗の瀬戸際、タイムリミット寸前だ。

「一分経過！」

「クリップ」

助手のカウントと、器械出しへの指示が重なった。

あらわになった動脈瘤の根元をクリップで挟み、即座に止血箇所を解放。

処置後の血管に血液が流れ始める。クリッピングの出来は――完璧だ。

手術室に安堵のため息が漏れた。

閉頭し無事手術を終えたあと。着替えて更衣室を出ようとしたところで背後から声をかけられた。

「よくも利用してくれたな」

恨みのこもった声に振り向くと、まだ着替え終えていない前鶴が俺を睨んでいた。

「利用？」

「俺を踏み台にしてアピールしたことだ」

執刀を代わったことを言っているのだろうか。

でしゃばりたくはなかったが、患者の命が、あるいは人生がかかっていたのだから、そうするほかなかった。

命は助かったが、麻痺で体が動かない――そういう状態を『手術成功』と定義する医師もいるし、『生きているだけで充分』と感謝する患者もいるが、俺自身はそこで満足する医師になりたくない。

「助かるものを助けないわけにはいかない」

「このっ……天才だかなんだか知らないが、いい気になりやがって」

激高した前鶴が俺に掴みかかろうとしたとき。

「おお、久峰、いたいた。さっきのオペは肝が冷えたなあ」

あっけらかんとした感想を述べながら更衣室に入ってきたのは、脳外科医の最高峰と目される人物。西城雅也（まさや）、四十九歳。

執刀依頼が絶えず世界中を飛び回っているゴッドハンドだ。

この病院の特別顧問として籍を置いているが、院内にいない日の方が多い。そんな勝手が許されるのは、彼が世界的な権威だからだ。

院長ですら低頭するスーパードクターを前にして、前鶴の顔色が青くなる。

「西城先生。見ていたんですか」

「ああ。そこのモニター室でな」

あっけらかんと言い放った彼に、俺はひそかに恐怖した。

俺たちが第二手術室で執刀中、第一手術室では彼がベテラン脳外科医たちを率いて別の患者の超難易度開頭手術を行っていた。

八時間予定の腫瘍摘出術。本来であればこちらの手術が先に終わるはずなのに、高速で処置を終えた彼は、とっとと手術室を出てモニター室でのんびり隣室の手術を見学していたようだ。

予定よりも二時間以上早く終わらせたというのか？　相変わらず実力が桁違いだ。

「手が空いてるんでしたら、来てくだされればよかったのに。一歩間違えれば取り返しがつきませんでした」

そうすれば俺が前鶴に絡まれるこの状況は生まれなかったのにと心中で毒づく。

「わざわざ俺が出向かなくても、お前ならやれると思ったんだよ」

俺の肩に手を置いて、にやりと口の端を跳ね上げて笑う。試すようなことをして、相変わらず人が悪い。

いずれにせよ、あの状況に陥ってから駆けつけたのでは、手遅れだったので仕方がない。

「久峰、お前の武器は、手先の器用さやセンス的なものもあるが、その冷静さだな。危機的状況下で実力が発揮できる人間は限られている。大抵の人間はパニックに陥る」

ちらりと目線を前鶴に移して言う。前鶴は屈辱だったのか、唇をかみしめた。

「勘違いするな。君が無能だって言ってんじゃない。経験相応の腕だ」

前鶴を非難するつもりもないらしく、感情の読み取れない笑みを浮かべる。そして、視線を俺に戻した。

「だが幸運なことにお前は非凡だ。鍛えがいがあるよ」

「ご期待に添えるよう尽力します」

「なにより、お前が育てば俺が楽できる。セカンドライフが待ち遠しいね」

日頃から『忙しすぎる』と愚痴ってばかりのゴッドハンドは、後進に道を譲ってさっさと引退したいらしい。

西城先生は一方的に労いを告げ、その場を立ち去る。前鶴は舌打ちし、ロッカーを乱暴に叩いた。

これ以上前鶴と揉める前にと、俺は足早に更衣室を出て手術センターをあとにする。

「まったく西城先生は。火に油を注ぐようなことを」

わざわざ前鶴の前で言わなくてもいいだろうに。天才と呼ばれる人たちは総じて性格が悪い。

「……と、俺も言われているんだったか？」

口もとを押さえてひとりごちる。自分を天才などと思ったことはないが、とある手術をきっかけにそう騒がれるようになった。

実際は人より少しだけ要領がよく、努力を惜しまないというだけだ。強いて言えば、メンタルは強い方かもしれない。

危機的状況であればあるほど、集中力が高まり、手術の精度が増す。

子どもの頃から本番には強いタイプだった。試験や試合では実力以上の結果を出せたし、プレッシャーを感じれば感じるほど熱くなる自分がいる。

西城先生は俺を冷静だと言っていたが、少し違う。表面には出にくいがその実、激情家で、内面はメラメラと滾っている。

……一週間前の、あの夜もそうだった。

手術が終わって気が抜けたのか、困惑した千紗の顔が脳裏を掠める。

あの夜、千紗に無理やりキスをして、二十年間大切に育んできた妹との絆を壊した。

あれから彼女とは、何事もなかったかのように接しているが、どこか気まずくお互い向き合うことを避けている。

ずっと考えていた。この先も千紗とともに過ごすなら兄妹のままではいられないと。

千紗の好意には以前から気づいていた。だがこれまで応えずにいたのは、彼女にとって〝兄〟が心の支えだったからだ。

家族とは帰る場所。なにが起きても守ってくれる要塞であり、拠り所だ。

俺が〝男〟になれば、彼女は〝兄〟という柱を失う。

千紗は父親を亡くしたあの日から、胸にぽっかりと穴が開いてしまっていた。

その穴を埋めるのが俺の最重要任務で、彼女を悲しませることだけはしちゃいけなかった。

出会った頃はお互い恋愛感情などなく、純粋に大切だった。幸せにしてやりたいと心の底から思っていた。その気持ちは今も変わらない。

……だが、もう千紗は大人の女性なんだよな。

少女に必要だったのは家族だが、大人になった彼女に必要なのはともに歩むパートナーだ。

だから〝兄妹〟の一線を越え〝男女〟になるのは、ふたりで過ごす上で当然の流れだったと思っている。

後戻りはできない。もうただの兄妹には……戻れない。

家族の絆を失ってまで、俺が守りたかったものは……。

ただ彼女が幸せであればいい。兄でも、恋人でも、形はなんでもいい。

『千紗が幸せになれるなら、なんでもする』そう言ったのは嘘ではない。


二十年前、父親を亡くし空っぽになっていた少女に自分を重ねた。

俺自身、母親に捨てられた過去がある。父親は愛情深い人間ではあるが忙しい人で、そばにいてほしいときにいてくれなかった。

だから千紗の寂しそうな顔を見ると、小さかった頃の自分を見ているようで胸が痛んだ。その悲しみをどうにか取り払ってやれないかと、俺なりにずっと考えてきた。

だから父が再婚を相談してきたとき、諸手を挙げて賛成した。

千紗の本物の兄になれる。この先、妹を悲しませるようなことは絶対にしない。

それに母ができるのも嬉しかった。千紗の母親・里紗は明るくて優しくて賑やかで、まるで母親の鑑のような人だ。

俺を捨てた実母とは違う。義母のおかげで〝母親〟延いては〝女性〟という存在に絶望せずに済んだ。

家に帰ると笑顔の母親がいて、懐っこい妹が胸に飛び込んでくる。

それが、俺が十二歳にして手に入れた幸せの形だった。


年月が流れるにつれ、幸せは形を変えていく。

高校を卒業した俺は、有名大学の医学部に進学した。

医者の道を目指すようになったのは、千紗と交わしたとある約束がきっかけだ。

約束を交わした本人は、幼すぎて覚えていないと思うが、俺の中では強く心に残っている。

中学生になった千紗は、たまに生意気も言うけれど、根は変わらず素直で優しい子だった。

そんな彼女が初めて嫉妬心をあらわにしたのは、俺が恋人の家に泊まり朝帰りをした日のことだった。

帰ってくると千紗がむくれていた。兄を取られたと思っているのだろう、かわいい嫉妬だ。

そういえば高校生の頃、バレンタインのチョコレートをたくさん持ち帰ったときも複雑そうな顔をしていたか。

恋人ができたからといって、妹への愛が薄まるわけではない。恋人は恋人、妹は妹で比べられないくらい大切なのだから。

『なにがあろうと、お前は俺の大事な妹だ』

安心させようとするも、なにを言っても千紗は不満顔のまま。

ふと気がつく。これは兄への独占欲とは違うのではないか。

思えば千紗ももう恋のひとつもするお年頃だ。身近にいる異性に特別な感情を抱いたとしても不思議ではない。偶然それが義兄だっただけの話。

だがそれは恋というより憧れだろう。成長過程で起こる一過性のもの。そのうち落ち着くはずだと、俺は気づかない振りをしてそっと見守った。

やがて医学生として研究や実習が忙しくなり、恋人とは破局。恋愛の優先度はどんどん下がっていった。

土岐田と親しくなったのはこの頃だ。

彼は見るからに真面目そうな黒髪眼鏡の好青年だったが、二年次終了間近になって、突然髪を脱色した。

「土岐田……お前、どうした?」

オーバーサイズのトップス、キャップ、ハイカットのスニーカー、そしてごついシルバーチェーンのネックレス。イメチェンにもほどがある。

「恋人と別れた」

「別れるたびに服装を変えるのか、お前は」

「インテリ風で失敗したから、今度はワイルドに攻めようかと」

「講義の五分前に最前列に着席してる男がワイルドか?」

恋人に振られてグレたらしいが、熱心にノートを取り、講義後は教授に質問しに行く姿を見て安心した。

「……髪、臨床実習の前には戻せよ」

早ければ四年次の後期から医療現場に出向くことになる。

土岐田は「任せろ」と言ってサムズアップ。真面目に不真面目くんを演じていた。

それからしばらくして。金曜日の夕方、土岐田に声をかけられた。

「なあ久峰。飲みに行こう」

またワイルドごっこだろうか。二十歳になりたての彼に、酒の習慣などあるはずがない。なんとなく格好いいとかそういう理由で飲みたいだけだろう。

「ただの食事でいいだろ」

「失恋のヤケ酒だよ。なあ、付き合ってくれよー。さすがにバーとか、単独で突っ込むにはハードルが高い」

ひとりで飲みに行く勇気はないようで、いっそ微笑ましい。

「わかったから。だが酒はほどほどにしとけよ。これから医療に携わろうって人間が急性アルコール中毒とか、笑えない」

そして渋々付き合った初めてのヤケ酒で、土岐田は完全に泥酔。歩行困難になった。放っておくこともできず、自宅に連れ帰ることに。義母に断って客間のベッドに土岐田を転がす。

翌朝、父は早くに仕事へ向かい、俺と土岐田、義母、千紗の四人は少し遅めの朝食をとった。

ちゃっかり食卓の輪に加わっているストリートファッションの金髪男に、千紗は呆然としながらも素直だった。

「初めまして、妹の千紗です」とお行儀よく挨拶する。

「かわいいねー！　お母さんに似て美人になりそうだなあ」

千紗と同時に義母まで褒める。そういう器用さはある男だ。義母はキッチンで「あら、嬉しいわ。ありがとう」と微笑んでいるから、効果はあったらしい。

「俺、土岐田慎。よろしくね。千紗ちゃんはこれから学校？　土曜なのに休みじゃないの？」

千紗は白シャツにチェックのスカート、胸もとにはリボンタイ。朝食を済ませたらブレザーを着て登校する。

「はい。吹奏楽部の練習があって」

「土曜日も練習かあ。高校生は大変だね」

「いいえ、中学です」

「え、中学生なの!?　大人っぽいから高校生かと思った」

大人っぽいと言われた千紗は嬉しかったようで、てへっと照れ笑いを浮かべた。

一方、土岐田は「うーん、さすがに中学生に手を出したら犯罪かあ」と考え込むように呟いている。

「いや、友人の妹に手を出すなよ」

睨みつけると、きょとんと動きを止め、目を丸くする。

「あれ、シスコン？」

「シスコン以前の問題だ」

しばらくコントのようなやり取りを続けてのんびり食事していたが、食べ終わった千紗が去り際に、おずおずと土岐田に尋ねた。

「あの……大学で兄は、どんな感じでしょうか？　その、お友だちと仲良くしてるかとか……こ、恋人とか！」

思わず箸を止める。なにを尋ねるのかと思えば。

俺が今フリーなのは土岐田も知っているから、おかしな告げ口はされないはずだ。安心して味噌汁を口に運ぶ俺。そして土岐田は即座に答えた。

「モテモテだよ。優秀だし、格好いいから、いつも女子に追いかけられてる」

危うく味噌汁が気管に入るところだった。キッチンで聞いていた義母が「あらあらあら」と楽しげに声を上げる。

変に気が利くやつだから、家族の前で俺を立ててくれたのかもしれない。

しかし、予想とは反対に千紗が「そうですか……」としょんぼりしたので、土岐田はあれ？　と目を瞬かせる。

「え？　あー……あっ！」

千紗の顔色を見てなにかに気づいたようだ。土岐田は取り繕って笑顔を作る。

「……モテモテだけど、勉強が忙しくて恋人を作る暇はないみたいだよ」

千紗が顔を上げ、パッと表情を明るくする。

わかりやすすぎる。俺は不覚にもかわいいと思ってしまい目を逸らす。

土岐田は「兄妹揃ってそういう感じかー」とどこか残念そうに納得していた。


それから四年が経ち、医学部を卒業した俺は、礼善総合病院で研修医として働き始めた。

オンコール時にすぐ駆けつけられるよう、病院に程近いマンションに部屋を借りてひとり暮らしをする。

千紗と離れて暮らすのは心配だったが、兄妹とはいえいつまでも一緒にはいられない。千紗ももう大学生だ。

こうしてお互い自立していくのだろうなと、ぼんやりと考えていた矢先。

たまには帰省しようと自宅に向かっている途中の路地で、千紗が見知らぬ男に掴みかかられている現場に遭遇した。

「千紗！」

慌てて助けに入り男を追い払う。千紗は震えながら俺にしがみついてきた。

すっかり怯えている彼女の細い肩を抱きとめながら、俺は男への怒りを募らせる。

「なんだあの男は……とにかく警察に連絡を──」

「ううん、しなくていい。知り合いなの」

「は？」

どうやら同じ大学に通う学生らしく、千紗にしつこく付きまとっているのだとか。

携帯端末の履歴を見せられて唖然とする。三十分置きに着信が来ている──ストーカーだ。

「警察に届けよう。エスカレートしたら──」

「大ごとにしたくない。ゼミで気まずくなるのは嫌だし」

「そんな悠長なこと言ってる場合じゃないだろう」

自宅に向かいながら詳しい事情を聞き出した。相手は同じゼミ生で、仲良しグループのひとり。始めは普通の友だち付き合いをしていたが、日に日に着信やメッセージの数が増えていったという。

「お付き合いをしようって言われたの。でもすぐに答えられなくて、次第に着信が増えていって」

恋愛感情のもつれが原因らしい。今ではなにを言っても聞く耳を持ってもらえないそうだ。

「どうしてすぐに断らなかった？　付き合う気なんてなかったんだろう」

「なかったってわけじゃ……。この人とお付き合いできるかなって、ずっと悩んでて」

千紗が真剣に交際を考えていたと聞いて、すっと背筋が凍った。

十八歳にもなれば、彼氏ができても不思議ではない。現に自分がその歳の頃には、恋人がいたではないか。

なのに、なぜだろう。千紗が恋人を作る発想がなかった。

千紗は自分だけを見てくれているという思い上がりがあった。

「……悩むような相手と付き合う必要はないだろ？」

本当に好きな男性から告白されたのなら悩まないはずだ。妥協しなければ付き合えないような相手に価値などあるものか。

しかし、千紗は「でも」と悔しそうな目で俺を見上げた。

「耀くんにも恋人がいたじゃない。私だってそういう人、欲しいし……」

言葉は尻すぼみになり、そのまま途切れた。

——千紗を追い詰めたのは……俺か？

俺がそばにいなかったから、千紗は別の男に救いを求めた。俺が幸せにしてやらなかったから、自ら幸せになろうとした。

悔しさが湧き上がってきて、彼女の細い体をきゅっと抱きしめる。

彼女の髪からふんわりと甘い香りが漂ってきて、ようやく気づいた。

幼い頃とは違う、男を誘う蠱惑的な香り。体は細いながらも柔らかくて、女性らしい繊細な曲線を描いている。男が求める——抱いてみたいと思わせる体だ。

まだ二十歳にも満たない千紗は、いつの間にかひとりの女性になっていた。

だからこそ変な男に追いかけ回されている。千紗はもう男に狙われるような魅力的な女性なのだ。

「本当に好きな相手とじゃなきゃ、付き合っちゃダメだ」

でなければ、この綺麗な心と体が汚されてしまう。どこの馬の骨とも知らぬ男が千紗に触れるなんて——嫌だ。

「それは……」

無理だよ、という小さな囁きが聞こえたような気がした。千紗の一番は俺だ。そう知りながらも、どう接してやるべきか答えが見つからない。

千紗を幸せにしてやりたい。だが彼女を一番近くで支える〝兄〟としての自分を捨てられない。

俺自身、千紗の奥底に触れる勇気がない。

千紗を女性として見られるのか。妹ではなくパートナーとして対等に扱えるのか。あの穢れない無垢な体を抱けるのか。

——って、なにを考えているんだ。まだ十八歳だぞ。

うかうかしていたら別の男に取って食われてしまう。かといって、今すぐ彼女を女性として見るなど——できない。

「とにかく、本当に好きな相手が現れるまで交際禁止だ。軽々しく流されるな。ちゃんとした彼氏ができるまでは、俺がそばにいてやるから、な？」

千紗を覗き込むと、泣きそうな顔でこくりと頷いた。

髪をくしゃくしゃと撫でてもう一度抱きしめる。心地のいい感触だ。ふにゃりと柔らかくて、どこか頼りなくて愛らしい。

この込み上げてくる熱が恋愛感情なのか、妹への愛情なのか、判断がつかない。

それ以来、仕事の合間を縫っては千紗に会いに実家へ戻るようになった。

だが決断を先送りするかのように甘やかしては距離を置き、今思えば逆に千紗を苦しめていたと思う。

例のストーカー男とは三人で話し合った。俺が間に立ち、相手の自尊心を傷つけないように注意して会話を進めた。

〝千紗は君を友人として慕っている〟〝千紗に恋愛感情はない〟〝頻繁に連絡をもらっても応えきれない〟——新たな認識を彼の意識に植え付けていく。認知行動療法の真似事だ。

ストーカー行為は認知機能の異常、いわゆる心の病。

本来ならカウンセリングを受けるべきだが、多くのストーカーは自分を病だと認めず、通院を勧めればむしろ逆上する。

〝甘いものが食べたい〟〝お酒が飲みたい〟〝煙草が吸いたい〟と同じレベルで〝ストーカーがしたい〟と付きまとい行為に快感を覚え依存しているわけだから、執着を根底から覆さなければならない。

まずは一度ストーカー行為から離れてもらう。期間を決め、連絡を取らないでもらい、熱を冷ます時間を与えるのだ。

とはいえ、こちらの要求にすんなり従ってくれるわけはない。

そこで、これ以上千紗に干渉するようなら法的手段を取らなければならなくなるからと協力を要請する。脅しでは逆効果になるため、本人の同意のもと協力してもらう。

幸い彼の依存は軽く、時間をかけて三人でやり取りをしているうちに熱中できる別のなにかを見つけたようで、自然と千紗から離れていった。

「着信が来なくなったの。待ち伏せもされなくなった。耀くん、すごいね。本物の精神科医みたい」

尊敬の眼差しで見つめてくる千紗に「たまたまだ」となだめる。大学で習った臨床医学がこんな形で役に立つとは思わなかった。

「カウンセリングは俺の専門じゃないし、悪化するケースもある。危険だからひとりでは絶対に真似するなよ」

改善しないようなら警察に通報でもなんでもするつもりだった。

今回は偶然うまくいっただけだ。次も同じようにうまくいくとは限らない。

「なあ、千紗――」

できれば危険に繋がることはしてほしくない。もう恋人なんていらないだろう？

そう言おうとして言葉を切る。

俺になんの権利があって、千紗の行動を制限できる？

信頼できる男性を見つけて幸せになるのが一番いい。

「耀くん、なに？」

「……いや」

『まともな男を探せ』と背中を押してやればいいものを、できなかった。

それからというもの、付きまとってくる男性はいたが、幸い大事には至らなかった。

社会人になってからは、周囲の人間が千紗を守ってくれていたようだ。いい上司と巡り会えたのだろう。

さらに年月が経ち、千紗が二十五歳になり会社にも慣れてきた頃。

俺は三十一歳。様々な手術経験を経て脳神経外科の専門医に認定され、ひとり立ちした。

休日、久しぶりに帰省したものの、千紗は夕方から友人の結婚式の二次会に出席するという。

タイミングが悪かったなと反省していると、千紗が俺を部屋に呼んだ。

「耀くん、このドレスどう？」

透け感の強いペールブルーのパーティードレスに着替えた千紗。大きく開いた胸もと袖のレースから白い肌が覗いていて絶句した。

髪はアップで留めていて、うなじがよく見える。

メイクも普段より濃い。顔は真珠のように艶やかに輝き、目もとには瑞々しい水色のアイシャドウが引かれている。

形のいい唇が、悔しくなるくらい甘そうなピンク色に染まっていた。

――ああ、彼女は。

あの頃のかわいい千紗ではないと、はっきり自覚した。

悪い男が群がってくる。誰にも見られないように匿って閉じ込めてやりたい――と非現実的な考えが頭をよぎり自嘲する。

その肌に俺以外の男が触れたらと思うと、気がおかしくなりそうだった。

「ストールは？」

「あ、うん。あるけど……」

「絶対外すな。夜は冷えるから、風邪を引くぞ」

彼女の肩にストールを回し、胸もとを隠すように留める。千紗は素直に「うん」と了承してくれた。

「変な男に話しかけられても相手にするな。友だちと一緒にいろ。ひとりになるな」

「大丈夫。今日は友だちもいっぱいくるから」

「男は友だちとは言わないからな」

彼女はきょとんと首を傾げる。そういうあどけない仕草が相手の心をかき乱しているのだと知らずに。

「会場まで車で送る。帰りは迎えに行くから、早めに連絡を――」

「待って耀くん」

千紗が俺の腕を掴む。魅惑的に色づいた目で、誘うような唇で、俺に尋ねる。

「似合ってる？」

――そんなの。聞くまでもない。

「世界で一番かわいい。……これでいいか？」

「……言わせた感」

「馬子にも衣装って言ったら満足するのか？」

「酷い！」

千紗はむくれて俺の腕を叩く。甘い痛みに体が痺れる。

茶化すしかない。美しい。綺麗だ。こんなことを口にすれば戻れなくなる。

本当はどこかへ連れ去って俺だけのものにしてしまいたいのに。

世界で一番愛らしい俺の妹。いや、千紗は——俺の愛しい女性。

俺は義妹を愛しすぎてしまったのかもしれない。

その想いは、両親が海外に発ち、一緒に暮らすことになった今でも変わっていない。

緊急手術に対応し術後の経過をチェックしていると、気がつけば深夜になっていた。

もう千紗は寝ている時間だ。起こさないようにそうっと玄関のドアを開けるが、予想に反してリビングには電気がついていた。

千紗が寝間着姿で「おかえり」と笑顔をくれる。

「ただいま」

「一応お夜食が冷蔵庫に入ってるんだけど、いらなかったら明日食べるから——」

「ああ。ありがとう。いつも悪いな」

一緒に暮らすようになってから、千紗は毎日健気に夕食を作ってくれる。

自分だけなら適当にあり合わせのものを食べるくせに。俺のためにわざわざメニューを考えて、買い出しして、調理して。俺が帰ってくるのをずっと待っている。

「耀くんが食べなくても、私の朝ご飯かお弁当になるだけだから大丈夫なんだよ」

俺が気を遣わないようにそうやって理由までつけて。

この同居生活は失敗だった。ふたりきりの空間が俺を狂わせる。

何度兄を装い彼女を抱きしめ、指を絡めたことか。

そのたびに溢れ出す欲望と闘っていた。兄の振りをしながら、胸の内に巣食うのは獣だった。

このまま閉じ込めて、愛して、自分だけのものにしたい。

とっくに妹だなんて思ってない。

恋人を作らないのが忙しいからだなんて言い訳だ。ほかの女性など目に入らない。

俺の心はとっくに千紗でいっぱいなのだから。

「あ、耀くん。お母さんから連絡が来たの。来週の週末、一度帰国するって。みんなで夕食、食べられたらと思うんだけど」

「わかった。予定、調整する」

「よかった。じゃあ、伝えとくね」

千紗はソファで携帯端末を操作し始めた。母親にメールを送るつもりなのだろう。

俺は冷蔵庫を開けて夜食を確認。煮物に牛肉のしぐれ煮――俺の好物だ。ふんわりと胸が温かさに包まれる。

「少しもらう」

「ふふ。それ、耀くん好きだもんね」

生意気にも六歳年上の俺を見透かしてくる。ふっと口もとを緩め、しぐれ煮の器を電子レンジにかける。

「じゃあ、おやすみ。耀くんもゆっくり休んで」

千紗は俺の前にくると、ちょっぴり目を逸らして笑う。

俺が『この先がしたくなったら言え』と告げたあの日以来、千紗は近くで目を合わせてくれない。

「千紗」

いい加減この気まずい状況をどうにかしなくては。そう思いながらも、どう取り繕えばいいかわからない。

彼女を女性として扱ったことに後悔はない。今もずっと愛している。もう兄妹ではいられない。

だが、それは俺のエゴだ。彼女の幸せより自分の気持ちを優先した結果だ。

彼女の方も、俺を男として意識しながらも迷っている。二十年もの間、築き上げてきた関係を壊すのは容易くない。

挙げ句、土岐田に興味を持ち出した。俺が信頼した人間なら安心して身を任せられると思ったみたいだ。

確かに千紗の言う通り、見知らぬ男に彼女を預けるよりはマシなのかもしれない。

だがそれ以前に、俺は千紗を手放したくない。

たとえ信頼できる友人であっても。それが彼女の幸せに直結するとしても。

俺の隣にいてほしい。これは許されぬ願いなのだろうか。

「おやすみ」

結局はなにも言えずに送り出す。

千紗は優しい表情で「おやすみ」と答え、寝室に入っていった。

第六章　お互いの幸せのために

半月以上経った今も、彼の唇の感触を覚えている。

大好きな人と交わす、すごく幸せなキス。

でも、嬉しいとは言えなかった。私たちは兄妹だから、この喜びを受け入れていいのかわからない。

耀くんはどう思ってる？　これからどんな態度で接すればいいのだろう。


「……これでいいかな」

鏡を見て身だしなみを確認する。今日は実家で家族と食事だから、とくにおめかしする必要はないけれど、みんなの気分が上がるように明るい色を着ようと思った。

イエローの春ニットに七分丈ジーンズ。快活なビタミンカラーが私と耀くんの気まずさなんて吹き飛ばしてくれるはず。

久しぶりに家族全員揃っての食卓。耀くんは仕事もあるけれど、夜には上がれると言っていた。

私はひと足先に実家に戻って、夕飯を作る予定だ。ふたり暮らしで培った料理の腕を家族に披露しようと思う。

「久しぶりだから、日本食がいいよね」

オーソドックスに煮物や焼き魚？　それとも豪勢にすき焼き？

母にメールしてみたら、【千紗の得意料理が食べたい！】という返信が来たので、余計に悩んでしまった。

近所のスーパーで食材を購入し実家へ。まずは掃除だ。家中の窓を開けて換気する。

四月の終わり、春風が家の中に流れ込んでくる。

今日は晴天で四月にしては暑いくらい。ニットの袖を捲って軽く掃除機をかける。

掃除が終わってひと息ついたあと、さっそく夕食の準備に取りかかった。

ＩＨですっかり慣れてしまったけれど、ガスコンロでもうまく作れるかな？

勘を思い出しながら、少しずつ調理を進めていく。

日が傾いてくると、風が冷えてくる。ガスコンロを使うと部屋の気温が上がるから、リビングの窓から吹き込んでくる風がひんやりして心地いい。

十八時になる頃には両親が到着し、ダイニングテーブルに並んだ料理を見て歓声を上げた。

「わぁ〜！　千紗、すごいじゃない」

さわらの西京焼きに煮物、お野菜の白和え、つくね汁に牛肉のしぐれ煮。どれも母が教えてくれたメニューだ。

「これ、みんな里紗さんの得意料理じゃないか。千紗ちゃんも作れるようになったんだね」

義父も頬が緩んでいる。

「久しぶりの我が家だし、懐かしい味の方がいいかなと思って。でも、ちょっと早くに作りすぎちゃって、耀くんが着く頃には冷めちゃってるかも」

「耀も待たれたら気を遣うだろ。せっかくの手作り料理だ、温かいうちに食べよう」

両親たちはトランクを部屋に置いて、さっそくリビングに集まった。三人で手を合わせていただきますをする。

「味、大丈夫そう？」

おずおずと尋ねる私に、義父が大きく頷く。

「おいしい。里紗さんのお料理と同じくらいおいしい」

私を褒めつつも、決して母を落とさないのが義父らしい。

「あら、私のよりずっとおいしいわよ。しっかり味が染みてるわ」

母は満足そうに煮物を口に運んでいる。

「免許皆伝ね。これでいつでもお嫁に出せるわ」

「あはは……」

思わず乾いた笑いを漏らしてしまったのは、お嫁に行く予定なんてないから。それどころか。

『俺が千紗のそばにいる』――耀くんの言葉が蘇ってきて、ついでにキスの感触も思い出してしまい、頬が勝手に熱くなる。

「耀も喜んでいるんじゃないか？　毎日こんなにおいしいご飯が食べられて」

偶然にも耀くんの話題になり、不意打ちを食らった私は、ご飯をお箸からぽろりと落とした。

「ああ、うん。耀くんも、おいしいって言ってくれてる」

お茶碗の上に落としたご飯を再び拾い上げ、動揺を悟られないように口に運ぶ。

「ふたりでうまくやれているかい？」

「もちろん。だって耀くんだよ？　喧嘩するわけないよ」

「確かにあいつは千紗ちゃんに甘いがその分、小言も多いだろう。細かいんだよな」

耀くんの性格を知り尽くしている義父が言う。

「それは私を心配してるからだよ」

魚を箸の先でほぐしながら答える。耀くんは誰よりも私のためを思ってくれている。あんなことを提案してくるほどに……。

「心配性だからなあ、あいつは。でも、我が息子ながら信頼できるだろう？　耀がずっと千紗ちゃんの面倒を見てくれたら、助かるんだがなあ」

義父の言葉に思わず箸が止まった。「え？」と掠れた声が漏れる。

「そうね。千紗は男運皆無だし、耀くんが一緒にいてくれたら本当に安心なんだけど」

母まで示し合わせたかのように口にするので、動揺で魚の味がしない。

「ねえ、知ってる？　義理の兄妹って結婚もできちゃうのよ？」

「え……えええ⁉」

母がこんな際どい冗談を言ってくるなんて……いや、冗談じゃないの？

ふたりのにこにこした顔を見るに、今思いついた話ではなさそうだ。

「千紗ちゃんの周りにはろくな男がいなそうだし、耀もあの様子じゃ、千紗ちゃんを置いて結婚しようとは思わないだろ」

「究極は千紗と耀くんが結婚することだと思うんだけど……ねえ、どう？　一番安心だと思わない？」

ふたりに詰め寄られ、私はすっかり混乱してしまった。

そりゃあ義理の兄妹だけど、耀くんは私を本物の妹だと思っている。そんな相手に恋愛感情など抱くわけがない。

現に耀くんは私にキスを迫ったとき『俺はかまわない』と言った。

自分からしたいとは言っていない。私の望みを叶えるために必要ならする、そんなスタンスだ。

「や、やだなあ、お義父さんもお母さんも。耀くんが私と結婚なんてするわけないじゃない！」

箸を置いて全力で否定する。もしこの話題が耀くんの耳に入ったら、彼はまた変に気を遣う。

今度こそ自分を押し殺して、私と『その先』をしようとするかもしれない。彼がここに来る前に、この話は終わらせなければ。

「耀だって、千紗ちゃんを目に入れても痛くないくらいかわいがってる。まんざらでもないんじゃないか？」

「で、でも、兄妹で結婚なんてありえないよ！」

思わず声が大きくなる。私があまりの剣幕で言うものだから、両親は驚いたのか目をパチパチと瞬かせた。

しばらく間を置いて、義父が「あっはっは」と豪快に笑い出す。

「そりゃあそうか。血が繋がってないとはいえ、ふたりは兄妹だもんな。ごめんな、父さんも里紗さんも心配しすぎて極端になってたのかもしれない」

そのとき、玄関のドアが開く音がした。ドキリと心臓が跳ね上がる。

「あら、耀くんが来たのかしら？」

少し間を置いて、耀くんがひょっこりとリビングに顔を出す。

「ただいま」

「耀、おかえり」

「耀くん！　元気にしてた？」

久々に家族全員が揃い、両親は笑顔で最愛の息子を迎えた。

ただひとり私だけが、鼓動をバクバクさせている。

さっきの言葉、聞こえてないよね？『兄妹で結婚なんてありえない』――意地を張って全力で叫んでしまったけれど……。

大丈夫、玄関のドアが開く前だったから聞こえていないはず。そう自分に言い聞かせ、落ち着かない鼓動をなだめる。

「ただいま。というか、そっちこそおかえり。イギリス生活はどう？」

「もう最高よー！　あ、お土産買ってきたの。気に入ってもらえるといいんだけど」

「まあ、ひとまず座って食べなさい。千紗ちゃんの手作りご飯だから」

義父の言葉に、耀くんは食卓を見て目を丸くする。

「千紗が作ったんだ？　義母さんかと思った。そっか、千紗もできるんだもんな」

耀くんの目がこちらに向く。自然に振る舞おうと思っていたはずなのに、つい視線から逃げるように立ち上がってしまった。

「うん。お母さんから免許皆伝しちゃった」

どこかに向かってにっこりと笑いかけ、キッチンに向かう。煮物や汁物を再び火にかけご飯をよそう。

耀くんもこちらにやってきて、盛り付け終わったお皿を運んでくれる。温めた煮物や魚を運んで席に着くと、いただきますと手を合わせた。

口に入れて「うん、千紗の味だ」と納得したように頷く。

「味、違うか？」

義父がきょとんとした顔で母に聞く。

「違うわよ。あら卓さん、気づかなかったの？」

「千紗の方が優しい味だ。義母さんの方が、味がしっかりしている」

「私ったらつい濃くしちゃうのよ。千紗は全体的に薄味で、でも甘みが強くてまろやかなのよね」

耀くんも母も、私の味付けをよく理解してくれているみたい。私自身、違いがよくわかっていなかったのに、さすがだ。

「ふたりともグルメだなあ。まあ、両方おいしいことに変わりはない」

義父は大らかに笑って、ひと足先に食事をぺろりと平らげた。


食事が終わったあと。イギリス土産のクッキーと紅茶をいただきながら、私たちは再び食卓を囲んだ。

義父と耀くんはイングリッシュワインで軽く晩酌している。

「全員揃ったところで、相談なんだが」

義父はワイングラスを置いて、あらたまって切り出した。

「滞在が少し長引きそうなんだ。一年程度を見込んでいる。このまま千紗ちゃんを耀に預けても問題ないかな？」

この暮らしが一年も続く――思わず耀くんを覗き込んだ。

彼のそばにいられて嬉しいけれど、気まずさが続いている今は素直に喜べない。

しかし、彼は涼しい顔でひょいっと肩を竦めた。

「問題ない。ふたりはのんびりイギリス生活を楽しんでくればいい。どうしてそんなことを聞く？」

両親が困ったように顔を見合わせる。やがて義父がおずおずと切り出した。

「耀ももう年頃だろう。もしも結婚を考えているなら……」

なにを言おうとしているのか気づき、きゅっと胸が詰まる。耀くんが結婚を考えているなら、私は邪魔になると心配しているのだ。

「余計な心配しなくていい。どうとでもなる」

ドライにあしらう耀くんだが、その言葉尻に母が反応する。

「結婚するつもりがない、とは言わないのね」

「……ないとは言わない」

思わず声が出そうになった。これまでは結婚なんて全然興味がなさそうだったのに。

重い沈黙のあと、耀くんが渋々切り出す。

「今勤めている病院の院長に、娘と結婚してほしいと持ちかけられている。乗り気ってわけじゃないんだが、考えてはいるよ」

これまで私にも家族にも黙っていた縁談話を、とうとう彼自ら切り出した。以前は『断った』と言っていたのに……もしかして考え直しているの？

「それ、大病院の跡取りになるってことか？　すごいじゃないか！」

「耀くんはそれでいいの？」

大喜びの義父に対して、母はとても冷静だ。まるで耀くんの縁談にあまり賛成ではないように見える。

「検討中だ。まだなんとも言えない」

耀くんの反応は以前とまるで真逆。結婚にも次期院長の座にも興味がないって言っていたのに、急にどうして意見を変えたのだろう。

「結婚するにしてもすぐはない。ふたりが帰国してから、ゆっくり考えるさ」

ざわざわと胸の内に不安が広がっていく。

もしかして私のせい？　私がこの半月間、『この先』を求めなかったから？

それとも、妹とずっと一緒にいるなんてやっぱり無理だと思ったの？

顔を上げると、不意にこちらを向いた耀くんと目が合って、硬直した。

「それに、千紗の方も」

「私？」

「土岐田に興味があるんだよな？」

すっと背筋が凍り付く。半月前、確かに土岐田さんと交際どうこうの話題は出たけれど、彼自身に興味があったわけじゃない。

耀くんが信頼しているというから少し気になっただけで……。

「土岐田くんって、もしかして昔、家に連れてきた金髪の派手な子？」

十年以上も前だが母は覚えていたみたいだ。そもそも耀くんが友人を家に連れてくること自体が珍しかったからだろう。

「ああ。さすがに今は落ち着いているから安心してくれ。腕のいい外科医だよ」

母に説明すると、そのまま目線を私に戻す。

「土岐田を紹介してやる。一度ふたりで会ってみるか？」

「どうして……」

「千紗を任せるなら信頼できるやつがいい。お前も、そう言っていたろ？」

すうっと体中の温度が下がる感覚。

『他人に任せるくらいなら、俺が千紗のそばにいる』――そう言っていたのに……。

少し悩んでから、こくりと頷く。

「……うん。お願いします」

私に信頼できるパートナーがいれば、両親は安心するし、耀くんも心置きなく自分の幸せを追いかけられる。

土岐田さんは私にはもったいないくらい素敵な人。もし紹介してくれるというのなら、断る理由なんてない。

「土岐田くんって子は知らないが、耀が紹介したいというくらいだから、きっと信頼できる男なんだろう。ねえ里紗さん？」

「ああ……ええ、明るくていい子だったわよ」

思い出すのに時間がかかったのか、母は間を開けて取り繕うように笑った。

母のお墨付きをもらい、義父は安心したようで「そうかそうか」と頷いている。

「千紗も、耀くんも……それでいいのね？」

母が笑顔を崩さぬまま、でもどこか顔色をうかがうように尋ねてくる。

「ああ」「うん」

熱のこもらない返事が重なる。母は「そう」と静かに目を閉じた。

……お母さん？

母だけがまるで腑に落ちない私の心を見透かしているようで、そのあとも目が合うたびにいたたまれない気持ちになった。

＊＊＊

両親と千紗が待っている。俺は仕事を終えるとすぐさま駅に向かった。

実家には車で行くことも多いが、今日は父から【土産のイングリッシュワインを一緒に飲もう】とメッセージが来たので運転は避けた。

千紗から【先に食べてるね】と届いたのは最寄り駅に着いたときだった。【もうすぐ着く】と送り返したのだが、すでに食事中なのか、既読にならない。

玄関の前にある鉄門をくぐると、家族の賑やかな声が聞こえてきた。

リビングの窓が開いている。今夜の風は心地いいからだろう。

千紗はエアコンより自然の風が好きで、実家ではよく窓を開けていた。今住んでいる高層マンションは開かない窓も多いので、少しかわいそうだ。

そんな千紗の慌てた声が響いてきたのは、玄関のドアに手をかけたときだった。

「兄妹で結婚なんてありえないよ！」

叫ぶような訴えに体が動かなくなる。

やがて父が取り繕うかのようにあっはっはと大きな笑い声を上げた。

「そりゃあそうか。血が繋がってないとはいえ、ふたりは兄妹だもんな」

ドアから手を離し、手のひらをじっと見つめる。

この体には千紗とは違う血が流れている。それでも、ともに過ごした二十年は血よりも濃い意味を持つ。

——当然、か。

ずっと兄妹をやってきた。実の妹以上に千紗をかわいがってきたのだ。

とくに千紗は物心つく前から俺を兄と認識していた。急に男女の仲になろうだなんて無理というもの。

千紗が俺に憧れていたのは確かだ。恋するような目を向けてくれていたのも。だがそれは、どこまでいっても兄としての尊敬なのだろう。

立派な兄がいて嬉しい、そう思ってもらえるのは、誇らしいことだ。

だが、恋愛感情じゃない。幼い頃から植え付けられた価値観は、簡単には覆らない。

兄妹で恋愛関係にはならない。それはごく一般的なこと。

——千紗は俺と男女の関係になりたいなんて、望んでいなかったんだ。

彼女に酷いことをしてしまった、罪悪感に今さら押しつぶされそうになる。

……俺は兄として最低だ。

千紗とは距離を取った方がいい。もう二度と兄妹以上に触れ合わないように。俺がおかしな気を起こさないように。

唇をきゅっとかみしめ息をつくと、覚悟を決めて再びドアに手をかけた。

玄関で靴を脱ぎ、リビングを覗き込んで「ただいま」と声をかける。

「耀、おかえり」

「耀くん！　元気にしてた？」

両親が盛大に迎えてくれる。ただ千紗だけが驚いたような顔で俺を見つめていた。

両親と食事をした翌日。患者の急変が立て続けに起こり、寝る間もないまま朝を迎えた。

鬱鬱としているのは、忙しさのせいではない。自分の首を絞めるような発言に、今さらになって後悔が押し寄せている。

その気もないのに結婚を考えていると宣言し、千紗に土岐田を紹介すると約束してしまった。

……いや。これでよかったんだ。

俺では千紗を幸せにできない、パートナーになれないとわかったからには、せめて信頼できる人間に託したい。彼女もそれでいいと言ってくれている。

あとは土岐田に話を通して、真面目に交際する気があるか確認して――。

考えごとをしたまま院内を歩いていると、すれ違いざまに「久峰先生」と呼びかけられた。

立っていたのは上品なスプリングコートに身を包んだ若い女性。

顔には見覚えがある。たしか以前会ったときは茶色のロングヘアだったと思うが、今は黒髪のボブに変わっていた。

「礼善さん？」

半年前、俺が執刀した院長の娘、礼善愛瑠だ。彼女は「ご無沙汰しております」と深く頭を下げた。

つい切開部位に目が行ったが、髪で隠れるように処置をするため、手術痕が見えるわけもない。

「もうカラーリングしても大丈夫ですよ」

手術直後はまずいが、あれから一年は経過している。そうアドバイスすると、彼女は「ありがとうございます。でも今は黒髪で」と自身の髪を摘まんだ。

「イメージチェンジ、ですか？」

「私のお慕いする人が黒髪なので」

なんとなくこの話の流れはよくない気がして「俺の友人にもいますよ、付き合う相手に合わせて髪色を変える人間が――」と話題を逸らそうとした。

しかし、彼女はふふっと笑って「あなたのことですよ」と視線を送ってくる。

「……縁談の件ですか」

ごまかされてはくれないようだ。仕方なく俺は息をついた。

「せっかくのお話ですが、お断りしました。今は仕事で手一杯なもので」

彼女の父親、つまり院長からもらった縁談は、丁重に断りを入れた。本人に直談判されようと、意見を変えるつもりはない。

「ええ。父から聞いています。ですが、どうかもう一度ご検討いただきたくて。お時間をもらえませんか。いつでもかまいません」

真剣な目でじっとこちらを覗き込んでくる。断ってもとことん引き下がりそうな頑固な顔をしている。

「申し訳ありませんが、しばらく手術が立て込んでおりまして――」

「十五分でかまいません。仕事の合間にでも」

そこまで言われては断りづらく、額に手を当てる。強引なところが父親にそっくりで……苦手だ。

「では十五分だけ。そちらでかまいませんか？」

俺は院内のカフェを指さし、彼女の反応をうかがう。

日をあらためるなら食事にでも誘わなければ失礼にあたるが、今ならここで充分だろう。なにしろ勤務中だ、病院を離れるわけにもいかない。

ロビーの端にカフェカウンターがあり、外来に向かう通路にテーブルがぽつぽつと配置されている。

人通りが多く、あまり落ち着ける場所ではないが、彼女は今しかないと思ったのか、「はい！」と勢いよく答えカフェに向かった。

カフェカウンターの背面から通路にかけて一面ガラス窓に覆われており、爽やかな春の日が差し込んでくる。

徹夜明けには眩しすぎる。いや、目が覚めてちょうどいいか？　日光が体内時計を強引に朝に戻してくれた。

俺はブラックコーヒーを、彼女はラテを注文し、三人掛けの丸テーブルに腰かける。

彼女はラテを口に運ぶのも忘れて、あの手術がいかに英断で素晴らしかったかを語り始めた。

「もちろん、命を救ってくれたことは感謝しているんです。ですがそれ以上に、私の意を酌んで処置してくださったことに感動して」

院長の娘の手術に失敗しては、医師生命が危うい――そう危惧したベテラン脳外科医たちは、彼女の執刀を嫌がった。

その上、彼女は開頭したくないと無茶な要求を突きつけてきた。普通なら断るところだが、院長の娘という理由で難題を呑まなければならなくなった。

当時、まだまだ若造だった俺に執刀の話が舞い込んできたのは、上の人間が全員拒んだからだ。

西城先生は端から「誰もやらないなら俺がやる」と公言していて、最終的には彼が執刀するとみんな思っていた。

そんな中、俺は執刀するチャンスを逃したくなかった。

欧米で近年実践されたばかりの、切開範囲を狭め、かつ術野を広く保つという最先端の手術方式を採用し、やらせてほしいと西城先生に直談判した。

ただでさえ高難易度の手術だ、指導医のゴーがなければ踏み切れない。

手術のセンスはいいとお墨付きはもらっていたものの、経験年数的な意味でどうしても周りに劣る。粋がって執刀しても失敗しては取り返しがつかない。やるならば西城先生の助力が不可欠だ。

結局、彼は「おもしろい」と俺の提案を呑んでくれた。

手術にも参加し、要所要所でアドバイスをくれた。

もし危険な状況になったら執刀を交代するという約束だったが、幸いにも手術は成功し、俺ひとりでやり遂げたというニュースが院内に広まった。その情報に尾ひれがついて、今では天才扱いだ。

とはいえ俺としては自信に繋がった手術だった。いい経験ができたと感謝している。

「私だけの力ではありません。指導医がいてくれたからこそ――」

「ですが執刀医は久峰先生でした。私を救ってくれたのは、間違いなくあなたです」

ブラックコーヒーをひと飲みして、うーんと唸る。先ほどからキラキラした目を向けられていて、居心地が悪い。

「こんなことを言っては夢見がちと思われるかもしれませんが、久峰先生の腕はもちろん、患者の心も救うというその信念に恋をしたんです。どうか私と交際していただけませんか？　結婚や父のことは後回しで結構です。まずは私自身を見てください」

褒められて嬉しくないわけはない。だが、だからといって彼女に好意を抱くかと言われれば別問題だ。

気持ちは嬉しいが——そう断ろうとしたとき。

「久峰ー。そんなところでなにサボってんだ？」

能天気な声が背後から響いてきてぎょっとした。振り向くと、白衣のポケットに手を突っ込んだ土岐田がこちらに歩いてくるところだった。

「もしかして患者さん？　仕事中にナンパはいけないよ。うちの病院、患者さんと恋愛禁止だから」

軽口を叩いて俺の肩に手を回し、体重をかけてくる。

『患者と恋愛禁止』なんてルールは存在しないが、女性を牽制するためにわざと嘘をついたのだろう。

土岐田の目からは、俺が患者に逆ナンされて困っているように見えたのかもしれない。過去にも女性に絡まれているところを何度か助けてもらった。

だが、今は少々状況が違う。

「土岐田。彼女は、患者は患者だが……この病院の関係者だ」

彼女は立ち上がり、行儀のいい所作で会釈した。

「初めまして。礼善愛瑠と申します。父がお世話になっております」

この病院で『礼善』と言われて気づかない間抜けはいない。土岐田はさっと青ざめて「院長の娘さん!?」と頬を引きつらせた。

「し、失礼しました！　外科の土岐田と申します。久峰はこんなナリのせいか女性に絡まれることが多くて、誤解してしまいまして——」

「ええ。久峰先生はおモテになりそうですね。ですが私は軽い気持ちでナンパしているわけではなく、真剣にお付き合いを申し込んでいるんです」

にっこりと笑った彼女には、他者を言いくるめる圧力がある。

土岐田は気まずそうに頭をかきながら「ああーえっと」と空いている席に腰かけた。

「縁談の件、ですよね？　やめといた方がいいと思いますよ。こいつ、超絶シスコンですんで」

「土岐田」

一応助けようとしてくれているみたいだが、ほかに言い方はなかったのか。睨みつけると土岐田は苦笑いでたじろいだ。

「でもほら、言ってただろ？　千紗ちゃんが心配で結婚どころじゃないって」

「……その件は、片付いた」

「へ？」

土岐田が間抜けな声を漏らす。説明が面倒なので、いっそ単刀直入に尋ねてみることにした。

「お前、千紗とふたりで会ってみる気はないか？」

「はあ!?」

土岐田が眉を盛大に跳ね上げ、口をぽかんと開く。

「なになに、どうしちゃったんだよ？　十年以上『妹に手ぇ出すな』って牽制し続けてきたお前が、いったいどんな了見で――」

「千紗がお前に興味を持ってる」

「うっそ……まじか……嬉しい……っていうか、いいのかよ。俺が千紗ちゃんとお付き合いしても。大大大事な妹なんだろ？」

「妹離れが必要だって、お前も言ってただろ。あいつもそういう歳だしな」

土岐田は腑に落ちない顔でこちらをうかがっている。一方、礼善さんは沈黙したまま俺たちのやり取りをじっと見守っていた。

「すみません、礼善さん。話が脱線してしまい――」

「土岐田先生も、久峰先生の妹さんに好感が？」

なぜか礼善さんまで妹の話に興味を持ったらしく、土岐田に尋ね始める。

「ええ、それはもちろん。いい子ですし、なにより兄ちゃんに似て美人ですから」

肩を叩く土岐田に、俺は「おい」と割り込む。

「似てるもなにも。血は繋がっていないぞ」

「は⁉」

土岐田がさらに目を丸くする。視界の端で礼善さんがぴくりと反応した。

「初耳なんだけど」

「そうだな。初めて言った」

「だったらなおさら、なんで俺に紹介するんだ？　妹離れなんて必要か？」

「それは――」

俺たちは本物の兄妹も同然だ、そう言おうとしたところで、言葉を遮るかのように礼善さんが「いいことを思いつきました！」と手を打ち鳴らした。

キラキラした瞳はよからぬことを企んでいそうで質が悪い。土岐田も俺も呆然と彼女を見つめる。

「私と久峰先生がデートをしている間に、妹さんと土岐田先生もデートをしてはどうでしょう。妹離れのきっかけになりますし、妹さんにとってもいい機会でしょう？

土岐田先生もご興味ありそうですし、私も助かります。みんなウィンウィンです」

突拍子もない提案に、土岐田ですら「いや、それは……」とツッコミたそうな顔をしている。

千紗と土岐田を利用したのが見え見えで、俺は短く息をつき彼女をなだめた。

「礼善さん。俺は本当に仕事中心の生活を変えるつもりはないんです。結婚するつもりもないし、恋愛も――」

「縁談を断るんでしたら、私と向き合ってからにしてください。でないと私、あきらめがつきません。父に頼んで何度でも縁談を申し込んでもらいます」

ここで父親を出してくるのは反則だろうと頭を抱える。

「俺は――」

より意固地になって断ろうとしたとき、土岐田が「よし」と息をついて、俺のブラックコーヒーを奪って飲み干した。

「その案、乗りましょう。ですが、あくまでお試しデートってことで。相性が合わなかったらその一回で終わりってことでいいですよね？」

「土岐田」

勝手に進めるなと眼差しで訴える。だが、そうでもしないと彼女は引き下がらないと踏んだのか、土岐田はやや真面目な顔でリアクションを待っている。

「それでかまいません」

礼善さんがさっそくとバッグから手帳を取り出す。

三人の予定をすり合わせ、翌週の日曜日にお試しデートの日程を設定した。千紗も日曜日なら空けられるだろう。

礼善さんを見送りふたりだけになったあと。医局に向かって歩きながら、土岐田はまだ腑に落ちない俺の背中をばんばんと叩いた。

「一回デートしたらあきらめるって言ってるんだから、付き合ってやればいいんじゃん？　あの様子じゃ、ただじゃ引いてくれないだろ。これ以上親の名前を出されたら、余計に断りにくくなるしさ」

土岐田は俺が院長の名前を出されて苛立っていたことに気づいたのだろう。

「だからいいとこのお嬢様は苦手なんだ」

医学部時代にも父親が国会議員だから、著名な弁護士だからと親の権力を笠に着て交際を迫ってくる女性がいて、不快だった覚えがある。

「昔、お前のあとを追っかけてた議員の娘がいたよなー。ああいうやつらはさ、欲しいものは全部手に入るのが当たり前と思ってんだろうな」

顔には出さなかったが、少なからず土岐田も院長令嬢のワガママに腹を立てていたのかもしれない。

意固地になって断ろうとした俺よりは、大人の対応だったか。

「それより、久峰は本当にいいのか？　千紗ちゃんのこと」

わずかに真面目なトーンで土岐田が尋ねてくる。

「ああ。信用ならない男に千紗を預けるより、お前の方が若干マシだ」

「若干かよ」

エレベーターに乗り込み、それぞれの降りる階のボタン押す。俺も彼も同じ外科ではあるが、一般的な外科と脳外は勝手が違うので、医局も別だ。

「千紗ちゃんを任せてもらえるのは光栄だけど、あとで返せとかナシだからな？」

一歩前に立った土岐田が、振り返らずに念を押す。いつもより低い声色に、切り出したからには覚悟を決めろと言っているのだと悟った。

「ああ」

扉が開き、土岐田がひらひらと手を振りながら降りていく。

ひとりになったエレベーターで、俺は手すりにもたれかかり息をついた。

第七章　世界で一番愛してる

耀くんがどうして急に考えを変えたのか、聞けないまま二週間が経った。

今日、私は土岐田さんとお試しデートをする。耀くん以外の男性とふたりきりで出かけるのは初めてだ。つまり、初デート。

「耀くん。これで大丈夫そう？　この服、三十二歳的にどう思う？」

六歳も年上の男性と並んで歩くわけだから、子どもっぽい格好はできない。かといって色鮮やかな着こなしをする土岐田さんを相手に、お淑やかすぎるのもよくない気がした。

選んだのはドット柄のモノトーンブラウスに、ミントグリーンのシフォンスカート。

「ああ、いいんじゃないか。派手すぎずかわいらしすぎず、ちょうどいいと思うぞ」

ほかでもない耀くんにそう言ってもらえると自信が湧いてくる。彼は私のブラウスの襟もとを整えながら、ふと尋ねた。

「ホワイトデーに買ったあの服は着なかったのか？」

特別感のある服をと選んでくれた、ダスティピンクの上品なセットアップ。

あれは耀くんとの思い出が詰まった勝負服。今着るのはちょっと違う気がした。

「あれだと気合いが入りすぎる気がして。土岐田さんびっくりしちゃうよ」

「まあそうかもな。気負わず行ってこい。土岐田が全部なんとかしてくれるから緊張しなくていい。っていうかエスコートも満足にできないやつに千紗を渡してたまるか」

じわじわと言い回しが鋭くなってきたが、耀くんらしいと言えばらしい。

そんな彼もシャツにジャケットを羽織り、今にも外出しそうな格好だ。

「耀くんもどこかに出かけるの？　今日は仕事じゃないんだよね」

「野暮用だ。すぐに戻ってくる。夕飯は適当に済ませておくから、千紗は土岐田と食べてこい」

「うん、わかった」

そのとき、来客を知らせるチャイムが鳴った。土岐田さんが迎えに来てくれたのだろう。ちょっとドキドキしてきた。

「土岐田によろしくな。千紗を楽しませなかったら許さないって、メッセージで送っておくから」

「……あんまりハードル上げないであげてね」

耀くんに見送られ玄関を出た私は、エレベーターに乗り込む。

休日の一階ロビーは、これから外出する家族連れなどで賑わっていた。

きょろきょろとあたりを見回して土岐田さんを探すけれど、見当たらない。

背後から「千紗ちゃん、こっちこっち」と声がして、ようやく見つけたかと思ったら、その姿に言葉を失った。

「土岐田さん……どうしたんですか？」

センターパートのパーマヘアは健在だけど、茶髪ではなく黒髪になっていた。

服もネイビーのロングカーディガンにベージュのチノパンと、シンプルなアイテムばかり。土岐田さんにしては信じられないほど大人しいファッションだ。

「俺、女の子に合わせて服装変えるタイプだから」

「私に合わせて……地味めに？」

「地味とかっ！　それ、自分まで落としてることに気づいてる？」

気づけば自虐になっていて、土岐田さんが苦笑する。

「落ち着いた大人の男の服だよ。千紗ちゃん、久峰みたいなのに慣れてるでしょ？」

ドキリとして言葉に詰まる。彼の言う通り、男性の基準は耀くんだ。

土岐田さんは気を取り直すように快活に笑った。

「行こうか。あんまり遠出すると久峰が心配するだろうから、近場でオシャレな店、探しておいた」

土岐田さんの笑顔を見て、耀くんとは正反対だと思った。耀くんはこんなに大きく口を開けて笑わない。

ふたりで道を歩いている間も、私が飽きないように話題をたくさん振ってくれる。オシャレな自転車や車を見かけて「ねえ、あれ見て」と目を輝かせたり、新しいセレクトショップを見つけて「ちょっと覗いていい？」と寄り道したり。

「土岐田さんは、耀くんと全然違いますね」

思わずぽろりと漏れてしまい、慌てて「あ、すみません」と口を塞いだ。

土岐田さんはとくに気を悪くした様子もなく「それ、いい意味だと思っていい？」と尋ねてくる。

「はい。いろんな男性がいるんだなって気づかされました」

二十六歳にしてこんな初歩的なことに気づくとは思わなかった。

耀くんと過ごす時間は私を中心に回っていくけど、土岐田さんはマイペースで私をぶんぶん振り回す。でも、新しい発見をさせてくれる。

こんな時間も素敵だと思えた。

「俺と久峰は割と反対なんだよね。俺のワガママにあいつが乗ってくれる感じ」

「なんだか想像がつきます」

きっと耀くんは呆れ顔をしながらも土岐田さんのペースに合わせているに違いない。

「千紗ちゃんと久峰が一緒にいるときは、どんな感じなの？　両方とも主張がなさそうで、想像つかないんだけど」

「私たちの場合は――」

耀くんが私に合わせている？　振り回しているつもりはないけれど、私の希望を先回りしてくれるから、ワガママを言う前に願いが叶ってしまう。

「うまくエスコートされてる気がします」

「スマートそうだからなあ、あいつ」

土岐田さんが苦笑する。

「久峰の隣は、居心地いいでしょ？」

嫌みのない顔で見透かしたようににっこりと微笑みかけてくる。こうやって振り回されるのもいいけれど、耀くんが隣にいるとやっぱりホッとする。

「はい」

土岐田さんはとても優しくて明るくて、いい人だ。それでも私は――。

一番大切な人の隣にいる感覚が恋しくなってしまった。

土岐田さんが案内してくれたのは、ヨーロピアンアンティークがオシャレな隠れ家的カフェだった。

重厚な木製の調度品やシャンデリア風の照明は、歴史を感じさせながらもモダンでハイセンス。真っ赤なソファと猫足のテーブルがかわいらしい。

「素敵なお店ですね」

ファッショナブルな土岐田さんならではのチョイスだと思う。

「でしょ？　そう言ってもらいたくて頑張っちゃった」

清々しく笑ってメニューを開いてくれる。

私はローストビーフを中心としたサラダとスープのセットを、彼はグリルチキンとライ麦パンのワンプレートランチをオーダーした。

「土岐田さん、やっぱりその服、無理してません？」

店のチョイスを見てなおさらそう思った。こだわりを持つ人が、人当たりのいい綺麗めファッションで収まるとは思えない。

「楽しいよ。これはこれでファッション。テーマは『千紗ちゃんの恋人』にノンアルコールのライムトニックを飲みながら揚々と答える。

「……私も、土岐田さんと並んで歩くならって考えて選びました」

「ほんと？　じゃあ一緒じゃん」

手探りはお互いさまのようで、くすくすと笑い合う。

「久峰の方も、お嬢様とうまくやってんのかなー」

ふと漏らされた言葉に、私はぱちりと目を瞬いた。

「お嬢様って誰です？」

「！」

土岐田さんがしまったという顔をする。

「……もしかして、聞いてない？」

なんだか気まずそうな反応。じっと土岐田さんを見つめていると「参ったな、失言」と反省しながら切り出した。

「今日、久峰の方もデートしてるんだ。以前話した縁談の相手と」

「え……」

それって院長の娘さんとの縁談が前向きにスタートしたってこと？

出かける直前、ジャケット姿だったのを思い出し、ぎゅっと胸が苦しくなった。

「あ、でも、本気で付き合うとかそういう話じゃなくて。お試しというか」

「お試しデートをしているのは、私も耀くんも一緒だったんですね」

「ああ、まあ、うん。そういうことになる」

胸の内から湧いてくる闇をごまかすように、紅茶を喉の奥に流し込む。

耀くんからは卒業する、そう決めたはずなのに焦燥が抑えきれない。彼が別の女性と一緒にいると考えただけで、嫌な気持ちになる。

私はまだ耀くんをひとり占めしたいと思ってたんだ……。

暗い表情を見かねて、土岐田さんがおずおずと尋ねてくる。

「ねえ、千紗ちゃん。久峰から聞いたんだけど、ふたりは血の繋がった兄妹じゃないんだよね？　……久峰じゃ、ダメだったのかな？」

質問が胸に突き刺さる。土岐田さんまで私の気持ちに気づいているのだろうか。

「耀くんは私を本物の妹と思ってくれてるから……」

答えると「そっか」と納得してくれた。深くは追及しないでくれるのが、土岐田さんの優しさなのだろう。

「よし」

土岐田さんはグラスを置くと、思いついたように携帯端末を手に取った。

「久峰のデート、覗きに行っちゃおうか」

「え？」

「どこへ行くかは聞いてるんだ」

ディスプレイに指を滑らせ、ウェブサイトを開き私に見せる。

表示されていたのは礼善総合病院からそう遠くない場所にある美術館だ。ここでふたりがデートしているのだろうか。

「確かめに行こうよ。あいつが楽しそうにデートしてるか」

「でも……」

ふたりの邪魔をするのはさすがに気が引ける。躊躇っていると、土岐田さんがわざとらしく声を上げた。

「俺、ちょうど美術館に行きたい気分だなー。千紗ちゃん、付き合ってくれる？」

行き先が被っちゃったなら仕方がないとでも言いたげだ。

「……ふたりに失礼をするつもりはありませんよ？」

「もちろん。俺たちも美術館デートするだけだよ。チケット取っとくね」

言うが早いかオンラインチケットをダウンロードする。

店員さんがようやくランチを運んできた。お店の雰囲気にぴったりマッチしたオシャレなランチプレートだ。

けれど私たちはろくに味わいもせず、すぐさま食べ終え、早々と店を出てしまった。


真っ白なキャンバスに、黒い線が一本。

これが芸術というものか。正直私にはまったく理解できないし、なんなら私の方がうまく描ける気がする。

そんな罰当たりなことを考えているのは、きっとこの美術館で私だけだろう。

「土岐田さん。この絵、どう思われます？」

試しに尋ねてみると。

「あーこれ描いた人、冷戦下の社会的抑圧に反抗した人でさ。狭っ苦しい白が緊迫した情勢を表していて、この力強い直線が抗う決意を示してるんだって。このちょっと線がぶるぶるしてるところが感情の揺らぎだとかなんとか」

口調はいつも通り軽いながらも、真面目な答えが返ってきて度肝を抜かれた。

……そうだ、土岐田さんもお医者様だった。耀くんと一緒で、私じゃ合格もできないような頭のいい大学を卒業してるんだった。

「深すぎてわかんないけどね。俺だったら一本線書いたあと、それっぽい理由をつけて売るかな」

「あはは」

頭がいいはずなのに、そういう残念なことを言っちゃうのが彼らしい。

「それにしてもいないね、あいつら。入れ違っちゃったかな」

展示をぐるりと一周したけれど、耀くんたちは見つからなかった。もうここを出たのだろうか。

「この次はどこに行くか聞いてますか?」

「うーん……ディナーの場所は聞いたんだけど。まだそんな時間じゃないしね」

土岐田さんの腕時計を一緒になって覗き込みながら唸る。まだ十六時前だ、ディナーには早すぎる。

「この美術館を一回りしたとすれば、長時間立ちっぱなしでしょうし、どこかで休憩してるんじゃないでしょうか」

比較的大きな美術館だ、丁寧に鑑賞すると一時間以上かかるだろう。耀くんは疲れていなくても、相手の女性を気遣うと思う。

「ってことは、このあたりにあるカフェか」

ふと美術館の一階に喫茶スペースがあったのを思い出し、私たちは足を運んだ。

外からでは中が見えず、ふたりがいるか判断できない。

「わかりませんね……」

「下手に店に乗り込んで見つかるのもな」

私たちは再び顔を見合わせる。

とはいえ私もちょっぴり疲れてきた。慣れないパンプスを履いているせいもある。思わず目線を落とすと、土岐田さんはすぐに気づき「俺たちも休憩しようか」と提案してくれた。

併設の喫茶スペースには入らず、美術館を出て通りを渡ったところにあるカフェで休むことにする。ここにいる可能性も……と一応店内を確認したが、ふたりの姿は見当たらなかった。

運よく窓際の席が空いていたので、美術館と駅を繋ぐ道を見張りながらお茶をする。のんびりケーキとコーヒーをいただきながら、私たちは道行く人たちを観察する。

「本当にここを通るでしょうか」

「もう美術館にいない可能性もあるからな。もう少し様子を見て来ないようなら、ディナーの店に移動しようか」

時計を確認しながら言う。こんな尾行めいたことに付き合わせて、なんだか申し訳ない気持ちになってきた。

「すみません。せっかくの休日が、こんなことになってしまって」

「えー？　ここに来ようって言ったのは俺だよ？」

私を気遣うようにおどけてくれる。

「ま、これも親友のためってことで」

通りの向こうを眺めて頬杖をつき、ぽつりと漏らす。

私のためではなく耀くんのためってどういうこと？　疑問に思ったそのとき。

「あれ、久峰じゃない？」

ハッとして土岐田さんの視線の先に目をやった。

耀くんと思しき長身の男性と、上品なワンピースを着たすらりとした女性。

通りの向こうを歩いていて顔まではっきり見えないけれど、間違いなさそうだ。

「……あれが院長の娘さんですか。素敵な方ですね」

服装や持ち物、歩き方、手の動きなどどれを取っても洗練されていて、エレガントなお嬢様といった佇まい。

しかし、土岐田さんは興味なさそうに頬杖をついたままだ。

「まあ美人ではあったけど。でも千紗ちゃんの方がかわいいと思うな。久峰もきっとそう思ってる」

「え……？」

驚いて目を瞬く。土岐田さんはふたりに視線を向けたまま、気だるげに尋ねてきた。

「千紗ちゃんはふたりを見てどう？　似合ってると思う？」

「それは……もちろん」

美男美女。しかも彼女は大病院の院長のご令嬢だと言う。疑いようもなくお似合い。耀くんにはメリットだらけのお相手だ。

けれど、心が認めたがらない。胸の中にもやもやした闇が渦巻いて、嫌だと言っている。

耀くんを取られたくない。でも、目の前には否定できない現実があって。

すると、土岐田さんがこちらに顔を向けて、眉を下げてくすりと笑った。

「もう少し素直になってみてもいいんじゃない？　あいつはきっと受け止めてくれるよ」

思わぬアドバイスに胸がきゅっと締めつけられる。

受け止めてくれたとして、どうしたらいい？

大好きな人の顔を無理やり自分の方に向けたとしても虚しいだけだ。そこに耀くんの意思がなくちゃ……。

「さて。そろそろ俺たちも行こうか」

土岐田さんが伝票を持って立ち上がった。

「あ、私も半分――」

「いいのいいの。お兄さんを立ててよ」

言いくるめられ、私は店を出る準備をしながら会計が終わるのを待つ。

そのとき、店の外から甲高いブレーキ音が響いてきた。

鈍い衝突の音、そしてガシャンという破砕音。次いで響き渡る悲鳴。なにかが起きたのは間違いなく、反射的に音の方へ顔を向けた。

会計を終え、私の隣にやってきた土岐田さんが窓の外を見つめて「嘘だろ……」と呟く。

車道には斜めに停車している車、そして倒れた自転車。車と自転車が接触して事故を起こしたのだろうか。

「怪我人は……」

私たちは急いで店の外に出る。歩道に倒れているのが三人。ひとりは自転車の運転手だろう、気を失っているのか動く気配がない。

残りは母子だった。母親は身動きしているもののうずくまっていて、小学生くらいの子どもがその隣で泣いている。

そこへひとりの男性がガードレールを乗り越えて車道に飛び出した。耀くんだ。倒れて動かない男性のもとへ駆け寄り救護する。

「千紗ちゃんごめん、安全なところにいて」

医師として放っておける状況ではなかったのだろう、土岐田さんも走って事故現場へ駆けつける。親子連れのもとに向かい、膝をついて声をかけた。

耀くんは土岐田さんに気づき驚いた様子だったけれど、すぐに連携して処置を始めた。周りの人間に声をかけ、救急車を呼んでもらったり、止血用のハンカチを貸してもらったり。怪我人は動かせないので、通りがかりの男性が交通整理を始めた。

私にもなにか手伝えることはないだろうか。土岐田さんには『安全なところにいて』と言われたけれど、じっとしているのは落ち着かない。

私にできることは……胸の前できゅっと手を握りしめる。意を決し、事故現場に向けて足を踏み出した。

近づくと想像以上に凄惨な光景が広がっていた。

耀くんが付き添う男性は、ところどころ服に血が染みており、ぐったりと力なく横たわっている。

緊迫感に足が震えそうだ。でも怖いなんて甘えたことを言える状況ではない。

「私にも手伝えることはある?」

しゃがみ込んで声をかけると、耀くんがハッとしてこちらを見た。

「千紗——」

どうしてここにいるのか——そう文句を言いたげな顔だけれど、今はそれどころじゃない。

「……止血を手伝ってほしい」

「うん」

一番出血の多い脚の傷をタオルで押さえる。その間に耀くんが傷の上部をハンカチで縛った。

耀くんは男性に呼びかけたり体に刺激を与えたりして反応を見ている。処置をしながら携帯端末を肩に挟み込んだ。

「土岐田! そっちの状況!」

「女性は自転車と衝突し腹部打撲、内臓損傷の可能性あり。子どもは軽い擦り傷だ」

電話の先は礼善総合病院のようだ、三人の容体を伝え、受け入れるように指示する。

すぐに救急車のサイレンが響いてきた。救急隊が到着し、ストレッチャーを運んでくる。

男性は意識がないままで、頭を打っている様子。頭部を固定し車内に搬送する。

耀くんは隊員に自分が医師であることと患者の容体を伝え、搬送先を指示した。

「俺と土岐田は同乗する。千紗は先に帰っていてくれ」

「わかった……気をつけて」

耀くんは視線で応えたあと、土岐田さんとそれぞれ別の救急車に乗り込み病院へ向かった。

今度はパトカーがやってきて、警察官がその場に残った車の運転手から事情を聞く。

私はふうと息をついて歩道のガードレールに手をついた。

どうなるかと思って怖かった。でももう大丈夫。耀くんと土岐田さんがなんとかしてくれたから……。

ふと自分の足もとを見て、ミントグリーンのシフォンスカートが血に染まっていることに気づく。この格好で歩いていたら、道行く人にびっくりされちゃいそう。

急いで帰ろうと血のついた裾をきゅっと結んだところで、背後から「あの」と声をかけられた。

「久峰先生の妹さん……ですよね」

振り向いた先にいたのは、耀くんと一緒に歩いていた院長令嬢だ。思わず「あっ」と声を上げる。

「礼善愛瑠と申します」

「久峰千紗です。兄がお世話になっております」

お互い頭を下げると、ふたりの視線が血濡れたスカートで止まった。

「今、タクシーを呼びましたから。ご自宅までお送りします」

「あ……でも、近くですし」

「私の家も近くですから、気になさらず乗っていってください。そのスカートで歩いたら通報されてしまいそうですし」

驚かれるならともかく通報は困る。せっかくなので礼善さんのご厚意に甘えることにした。

ほどなくしてタクシーが到着した。ふたり並んで後部座席に乗り込む。

お先にどうぞと促され、運転手に自宅の住所を伝える。彼女にお金を渡そうとしたけれど「通り道なので結構ですよ」と受け取ってもらえなかった。

「事故が起きたとき、千紗さんは処置に行かれましたね。医療の心得が？」

礼善さんが静かに尋ねてくる。とても冷静で上品な喋り方をする人だ。

「いえ。兄の指示に従っていただけです。処置なんてたいそうなことは……」

「ですが、あの場で進み出るのは勇気が必要だったと思います。現にほかにもたくさん通行人はいましたが、誰も処置を手伝おうとしませんでした」

そういえば、ハンカチを貸してくれた人や交通整理を手伝ってくれた人はいたけれど、処置を手伝おうとした人はいなかった。

医者がふたりもいたから安心だと思ったのか、あるいは——。

「私は出血を見て、足が竦んでしまいました。そばで立って見ているのがやっとでした」

礼善さんが悲しげに呟く。私が現場の凄惨さに呑まれそうになったように、みんな怖かったに違いない。

そんな中で命を救うべく闘う医者は——耀くんは、やはりすごい人だなとあらためて尊敬した。

「私の場合は、兄がいてくれたので」

耀くんがいなかったら、きっと私も動けなかった。耀くんが命と真剣に向き合っている姿を見て、背中を押されたのだ。

礼善さんは思うところがあるのか、静かに目を閉じた。

やがて長い睫毛をぱっちりと上げ、こちらを覗き込む。

「そういえば、どうしてあんなところにいらっしゃったんですか？」

しまった、一番聞かれたくない質問だ。兄のデートが気になって追いかけてきたとはとても言えない。

「ええと、兄が美術館に行ったと聞いて。私も行きたいなと……」

嘘は言っていない。礼善さんはくすくす笑いながら「そうでしたか」とごまかされてくれた。

「お兄さんから私のことを聞いていますか？」

「院長先生の娘さんで、患者さんだったと聞いています」

私の返答に礼善さんは悲しげに目を伏せる。

「ええ。久峰先生は私をそのふたつの肩書きでしか見てくれないんです」

どういう意味だろう？　首を傾げていると、急に彼女が顔を上げ、熱っぽい目でこちらを見つめてきた。

私の手を両手でぎゅっと握り顔を近づけてくる。

「どうか千紗さんからも、縁談に応じるよう説得していただけませんか？」

「えっ」

突然なにを言い出すのだろう、驚いてのけぞりながら凍り付く。

「私は院長の娘です。久峰先生と結ばれれば、彼のキャリアアップに貢献できる。なにより私は誰よりも彼を愛しています。絶対に幸せにしてあげられる」

力強く言い切られ、反論もできなかった。

そこまで自信を持って愛していると言えるのは、すごいと思う。愛する人を『絶対に幸せにしてあげられる』と言い切る自信も。

さっきは勇気があると褒めてもらったけれど、彼女の方がよほど強い人だ。

でもひとつだけ間違っている。

「礼善さんの言う『愛している』とはちょっと違うと思いますが……兄を一番大切に思っているのは私です」

世界で一番彼を愛しているのは私だ。二十年以上ともに生きてきた私が、誰よりも耀くんの幸せを願っている。

「なので、私は兄の考えに従います」

もちろん耀くんが礼善さんと結婚すると決めたなら反論などしない。でも。

『もう少し素直になってみてもいいんじゃない？』——今さら土岐田さんのアドバイ

スが心の中に響いた。


その日、耀くんが帰宅したのは二十一時過ぎ。

あれから食事も取らず処置を続けていたという。当初予定されていた礼善さんとのディナーはもちろんキャンセルだ。

私が夕飯に作った青椒肉絲(チンジャオロースー)と玉子スープをお夜食にして、耀くんはようやくひと息ついた。私は彼の正面に座り、茉莉花茶(ジャスミンティー)を飲みながら話を聞く。

「男性は重傷だったが、幸い一命は取り留めた。母親と子どもの方も無事だ」

「よかった……」

これも耀くんと土岐田さんが救命にあたったおかげだ。

「で。お前らはどうしてあんなところにいた?」

当然のように始まる詰問。こうなると予想はしていた。

礼善さんのときと同じ言い訳でごまかせないだろうか。

「耀くんが美術館に行ってるって聞いて、私たちも行きたいなって——」

「ごまかすな」

……通用しなかった。叱られるのを覚悟で俯くと、耀くんはあきらめたように息をついた。

「わざわざ尾行なんてせずとも、言えば紹介する」

「紹介してもらいたかったわけじゃなくて……」

相手の顔が見たかったわけじゃない。別の女性とデートをする耀くんがあまりにも幸せそうにしていたら、あきらめがつく気がしたのだ。

「礼善さんとお付き合いするの？」

尋ねると、耀くんは表情を曇らせてふいっと目を逸らした。

「……お前の方は？　土岐田とのデートはどうだった？」

尋ね返され言い淀む。土岐田さんはいい人だし、彼には彼なりの魅力があるとわかったけれど、途中から耀くんのことしか頭になかった。

せっかく時間を割いてくれた土岐田さんには申し訳なかったと思う。

とはいえ耀くんに心配はかけたくない。

「もちろん、楽しかったよ。お店のチョイスが耀くんとは全然違って新鮮だったし」

私は上機嫌の振りをして言い張る。

「土岐田さんは表情がころころ変わるよね。そういう屈託のないところ好きだな」

私の反応が意外だったのか、耀くんは大きく目を見開くと困ったように笑った。

「……そうだな。俺はそういうのは苦手だから」

耀くんはいつだってクールだ。

でも、心の中ではちゃんと笑ったり驚いたりしてくれている。彼が本当は情熱的な人だって、知っているのはきっと私だけだろう。

胸が余計に苦しくなった。

「短い時間だったけど、素敵なデートだったよ」

笑顔を見せる私に、耀くんは眉尻を下げ、どこか寂しげに微笑み返した。

「よかった」

それ以上問い詰めることはせず、夜食を食べ進める。

「今日の夕飯もおいしい。これを食べられる権利を土岐田に奪われると思うと、少し悔しいな」

「気が早いよ」

まだお付き合いもしていないのに、さっそく嫁に出すつもりだろうか。思わず吹き出して彼を見つめた。

「今は耀くんのためだけに作るよ」

お料理を練習したのは彼のため。私の世界は耀くんを中心に回っている。

「ありがとう」

夜食を綺麗に完食し、満足そうな表情で箸を置く。

一日の終わりに耀くんの笑顔を見ることができた――いつか彼と離れるその日まで、この幸せをかみしめようと思った。


「千紗」

食事を終えたあと、耀くんは私をソファに手招いた。

幼い頃のように背中から抱きしめて座ってくれる。こんなふうに触れ合うのは、あの夜以来だ。

「耀くん……どうしたの？」

なるべくドキドキしないように努める。私たちは健全な〝兄妹〟なのだから。

「もうすぐこういうのも、できなくなるかもしれない」

私の首筋に顔を埋め、この瞬間をかみしめるように言う。

まるで別れを告げられたようで、言いようのない悲しみが込み上げてくる。

「お互いに、兄妹以上に大切な存在ができるから？」

「それは違う。たとえ俺が結婚しても、お前に愛する人ができても、俺はいつでも千紗の一番でいる。なにがあっても守ってやる」

お腹に回された腕に力がこもる。

やがて耀くんは「……すごくベタだが、ほかに思いつかないから言うぞ」となにかに言い訳しながら躊躇いがちに切り出した。

「……世界が敵に回っても、俺だけは千紗の味方でいてやる」

どこかの映画で聞いたような台詞に私は驚く。じわじわ頬が綻んでいく。喜んだ方がいいのかな。嬉しいけれどちょっと大袈裟だ。

それともツッコむべきなのかな。

「……どうして私が世界の敵に回るの?」

「たとえば、お前が誰かを殺めたとして」

「殺めないよ！」

思わずプハッと吹き出してしまう。こんなに極端で素っ頓狂なたとえ話をする耀くんは初めてだ。

頭はいいのに、実は文才が欠落しているのかもしれない。なんにせよ新しい耀くんを発見して顔がにやけて止まらない。

「笑うな。それだけ千紗への想いが強いってことだ」

私をぎゅっと抱き竦め、照れ隠しをする。

力強い言葉に頑なな心が解きほぐされていくような気がした。

『もう少し素直になってみてもいいんじゃない？』――土岐田さんのアドバイスが蘇り、抑えきれない感情が溢れてくる。

耀くんは私を受け入れてくれるかもしれない。

口を開きかけたとき、背中から温かくも冷静な言葉が響いてきた。

「俺たちは永遠に――家族だ」

釘を刺されたかのようだった。俺たちは大切な家族であり、それ以上でも以下でもないのだと。

出かかった言葉が引っ込んで、胸の奥の荒波がすっと凪いだ。

「ありがとう、耀くん。私の一番大事な――お兄ちゃん」

たとえどれだけ愛されても、世界で一番大切にされても。

やはり私たちは兄妹以上にはなれない。この想いは受け止めてもらえない。

正直に告げてすべてを壊すくらいなら、このままでいいと思ってしまう。

お腹に回る彼の腕をきゅっと抱きしめ、兄妹最後の温もりを重ねた。

第八章　収まりきらない想い

半月が経った今も、私と耀くんは変わりなく同居生活を続けている。

礼善さんとその後どうなったかは聞いていない。彼はそういうのをマメに報告してくれる人ではないからあきらめているけれど、ある日突然「結婚する」と言われそうでちょっと怖い。

土曜日の朝、私は耀くんの運転で空港に向かった。突然、母がイギリスから一時帰国することになったのだ。

空港に向かう道すがら、耀くんは私に尋ねてきた。

「そういえば、土岐田と連絡先を交換していないのか？」

彼は彼で私と土岐田さんの仲を心配しているみたい。

「交換したよ。でも……」

土岐田さんとのやり取りは【先日はありがとうございました】【こちらこそ！　また遊ぼうね～】で止まっている。

「土岐田さんも忙しいだろうし、あまり連絡しない方がいいかなって」

「向こうからは来るだろう？」

空港の駐車場に車を停めた耀くんは、私の携帯端末のメッセージ画面を見て目を丸くする。

「これだけか？」

「もしかして、私、嫌われちゃったかな？」

「それはない。あいつ俺に『千紗ちゃんかわいかったなー、またデートに誘っちゃおうかなー』ってマウントかけてきたんだぞ」

兄へマウントしてどうするのだろうと苦笑する。

「本当に忙しくて連絡できないだけか？」

耀くんが顎に手を添えながら考え込む。忙しいだけだと思いたい。兄の親友に嫌われたらちょっぴり落ち込む。

「ところで、義母さんからは帰国についてなにか聞いているか？」

「ううん。話が長くなるからって、詳しく教えてくれなかったの。もしかして、お義父さんとなにかあったのかな？」

家族揃って食事をしてから、まだ一カ月。あのときはしばらく帰ってこられないと話していたのに、突然ひとりで帰国するなんてちょっと変だ。

「ありえない話じゃない、子はかすがいって言うしな。千紗がいなくなった途端、不仲になったとしても不思議じゃない」

思えば子連れで再婚した母と義父は、ふたりきりで生活した経験がない。これまでは私がいたからうまくやっていたものの、価値観の違いが露見したのかも。

「あるいは、意外と海外生活が合わなかったとか」

「お母さんは適応力が並じゃないから全力でイギリスを楽しむと思う」

「じゃあ、親父が浮気でも――許せないな」

目を据わらせて手のひらにこぶしをぶつける。

空港の到着ロビーで不穏な想像を膨らませていると、やがて「千紗ー、耀くーん！」と母が手を振りながらやってきた。大きなトランクをガラガラと引いている。

耀くんがさりげなくトランクを受け取ったのを見て、母は「ふふ、ありがと。スマートな息子で嬉しいわ」と誇らしげに笑った。

「お母さん、一カ月ぶり。元気だった？」

私が尋ねると、母の表情が少しだけかげった。にっこりと、でもどこか気まずそうに微笑む。

「私は元気なつもりなんだけれど、卓さんが耀くんに診てもらえって聞かないのよ」

「え？」

目を丸くする私、そして深刻そうに眉をひそめる耀くん。

「なにがあった？」

私たちは車に乗り込むと、緊急帰国した事情を聞きながら耀くんの自宅に向かった。

「へえ～、これが耀くんのお家？　素敵じゃない！」

母がこの家に来たのは初めてだ。リビングからの景色を見て、手を打ち合わせて喜んでいる。

「今、お茶煎れるね」

「あ、お土産持ってきたのよ。前回みんながおいしいって言ってくれたアールグレイ」

母が揚々とトランクを開ける。高級チョコやクッキー、ブランドコスメがたくさん出てきて、思わず「かわいい～」「でしょ？」とふたりで盛り上がってしまう。

そんな私たちの様子を見て、耀くんが息をついた。

「それより、早く診せてくれ。心配で気が気じゃない」

母は「そういうところ、卓さんにそっくり」とごまかすように笑みをこぼすけれど、耀くんに促され観念してソファに腰を据えた。

耀くんが問診している間に、私はお土産のアールグレイを使って紅茶を淹れる。

「それで、症状に気づいたのは？」

「よく食器を割るようになったのはここ一カ月よ。疲れているのかしらとも思ったけれど、ものを大切に扱う私が食器を何度も落とすなんておかしいって、卓さんが言い出して」

確かに、日本にいたときは食器を割るなんてほとんどなかった。あわてんぼう、おっちょこちょいってタイプの人ではないし……。

キッチンで話を聞きながら、私も一緒になって首を傾げる。

「それから右手が痺れることがあって……たまーに、たまによ？　あと、ほんの短い間なんだけど、手の感覚が消えたような感覚がして……感覚が消える感覚っておかしな話よね。気のせいだと思うんだけれど」

耀くんが表情を険しくする。母の首筋や後頭部を触診したあと、目の動きをチェックした。

「最近、目がよく見えないって思ったことはある？　視野が狭まったとか」

「もともと視力が悪いし、老眼だし、目が疲れるなんてしょっちゅうよ。……ああでも食器を割ったときは、お皿に手が届いたと思ったら届いていなくて、取り落としちゃったの」

「見え方と実際の距離が違ってたってこと？」

アールグレイの入ったティーカップをトレイに載せて運びながら口を挟む。

「うーん……二重に見えてたのかもしれない。乱視が進んだのかしら」

母自身もよくわかっていないようで、首を捻っている。

耀くんは問診と触診を終え、正面のソファに座り直した。

「視野の異常や、体の痺れは脳卒中の初期症状だよ。検査をしてこいって言った親父が正しい。念のためって意味でも」

私はティーカップをローテーブルに置く。お土産のショコラを中央に置いて、母の隣に座った。

「お母さん、脳卒中かもしれないの？」

「はっきりしたことは検査をしてからじゃないと言えない。月曜日に検査ができるよう手配しておくから、病院に来てくれ。その前に手が痺れるようなら即救急へ行く。千紗、今日明日はできる限り義母さんに付き添ってあげてくれ」

「もちろん。月曜日は私も一緒に病院に行くよ」

しかし母は「ダメよ、千紗は会社でしょう?」と目を丸くした。

「有給取るよ。事情が事情なんだから」

「ひとりで行けるから大丈夫。それに、娘に付き添われて病院なんて介護されてるみたいじゃない。まだまだ私は若いわよ」

自立心の強い母らしい言い分だ。しかし、脳に異常があるかもしれないのに、ひとりにしておいて大丈夫だろうか。倒れてしまうのでは?

困惑した顔で耀くんに助けを求めると、彼も同意見のようで「義母さん」とたしなめてくれた。

「千紗が休めるようなら、連れ添ってやってくれ。それから、検査の結果が出るまでは義母さんもこの家に泊まって」

「ええっ、大袈裟よ~」

「もし脳卒中で本格的な症状が出たら、通報もままならないんだ。とはいえ検査結果が出るまで千紗が会社を休み続けるわけにもいかないだろ。ここならボタンひとつでコンシェルジュが駆けつけてくれるから、実家にひとりでいるよりずっと安心だ」

母は迷惑をかけたくないのか不満顔だ。

でも、耀くんが心配性で頑固なのはよく知っている。これ以上抵抗しても無駄と悟ったのか「わかったわ。お世話になるわね」と了承してくれた。

「それと、次からはまず症状を電話で相談してくれ。飛行機に乗ったら危険な場合もある。気圧の影響があるからな」

「余計な心配かけたくなかったのよ。この通り元気だし」

母はまったく健康を疑っていないらしく、胸を張って両手を広げる。

「義母さんみたいに我慢強い人って、気のせいだ、大丈夫だって自分をごまかそうとするから困るんだ」

ティーカップを口に運びながら、私はうんうんと頷く。

母は体調の悪さを隠そうとするから厄介だ。高熱を出しながらも「これくらい平気よ」と言って家事をしていたりする。

つらいときはちゃんと休んでほしいのだが……。

「それにしても耀くんの心配性は遺伝ね。卓さんも日本まで送ってくって言って聞かなかったのよ」

「そこは大人しく親父に甘えてほしかった」

耀くんが額に手を置いてうなだれる。道中何事もなくて本当によかった。

「でも、これで検査の結果がなにもなければ、私たちもお義父さんも安心できるし、心置きなくイギリスに戻れるでしょう？」

「そうね……」

母はようやく納得したようで、私と一緒に病院に行くと約束してくれた。

「そういえばお母さん、時差は大丈夫なの？　眠かったら眠ってもいいのよ？」

「飛行機の中でたっぷり寝たから大丈夫。でも、そろそろお腹がすいてきたかしら」

私たちもお昼ご飯の時間だ。なにか作ろうか、そんな話を始めたとき。

電話の呼び出し音が鳴った。マンションの一階にいるコンシェルジュからだ。私は「はい、久峰です」と応じる。

『一階コンシェルジュカウンターです。お客様がお見えになっています。礼善様とおっしゃる方が――』

「えっ」

思わず受話器を握りしめたまま耀くんを見つめた。なにかあったと伝わったらしく、彼はすかさず「貸してくれ」と受話器を受け取る。

「代わりました。ええ。――そうですか」

耀くんの受け答えが、驚きからじわじわ困惑へと変わっていく。

「――いえ。ロビーにお通ししてください。そちらに向かいます」

通話を終えた耀くんは、参ったように息をついた。

「礼善さんが来ているの？」

耀くんの様子を見る限り、事前に約束があったわけではなさそうだ。突然訪ねてくるなんて、なにか緊急の用件だろうか。

「ああ。通りかかったから寄ったそうだ。とはいえ急に来られてもな。そもそもどうして家を知っていたんだ？」

怪訝な顔をする耀くん。私はその理由に思い当たって「あ」と声を漏らした。

「そういえば事故のあと、ここまでタクシーで送ってもらったの」

「そういうことは早く言ってくれ」

こつんと額を軽く小突かれる。

一方、母は『事故』という不穏なワードを耳にして「なに？　大丈夫なの？」と心配そうにソファから尋ねてくる。

「とにかく今日は帰ってもらう。アポもなしに来られても迷惑だ」

そう言い残し、耀くんは玄関に向かおうとする。私は慌てて腕を掴んで「待って待って」と制止した。

「そんな塩対応したら嫌われちゃうよ」

「勝手に来る方がおかしいだろ」

「それはそうかもしれないけど、せっかく会いに来てくれたんだから……」

仮にも縁談相手を追い返すのは失礼だ。私たちのやり取りを見かねた母がソファから立ち上がった。

「お客様が来たならお通ししていいわよ。私と千紗ならしばらく外食してくるから、気を遣わなくていいわ」

母に目配せされ、私も慌ててうんうんと頷く。

「私たち、通りのイタリアンでしばらくお茶してるから――」

「だったら、俺たちが外すよ。義母さんは疲れてるだろうからここでゆっくりしていてくれ。千紗、昼食を頼む」

「うん、任せて」

準備をするためキッチンに向かうと「私も手伝うわ」と母もやってきた。じっと待っているのは落ち着かないのだろう、根っからの働き者だ。

しかし、キッチンに来る途中、ソファの端に足をぶつけてよろめく。

「っと……あら？」

「お母さん、大丈夫？」

食器を落としたときと同じように距離感を誤ったのだろうか。

心配になり母に近寄ろうとした、そのとき。

「痛っ――」

母が頭を押さえて大きくよろけ、ソファの背もたれに倒れ込んだ。

「お母さん⁉」「義母さん！」

母の体から力が抜け、床にくずおれていく。仰向けに倒れる寸前で、慌てて駆け寄ってきた耀くんが抱きとめた。

「どうしたの、お母さん！」

「聞こえるか⁉」

気を失ってしまったようで応答がない。耀くんは母を支えながら「携帯端末を取ってくれ！」と私に指示する。

すぐに救急車を呼び、礼善総合病院に受け入れを手配する。さらにコンシェルジュに電話して救急隊員を先導するよう協力を要請した。

「お母さん！　お母さん！」

何度も呼びかけるけれど反応がない。

耀くんは冷静で、脈を確認し、手足に刺激を与えるなどして反応を見ている。反対に私は完全にパニックに陥っていた。

「耀くん……どうしよう……お母さんが……」

さっきまであんなに元気だったのに急に倒れるなんて、どうして?

まさかこのまま亡くなってしまうんじゃ。お父さんのときみたいに……。

予期しなかった恐怖に絡めとられ、頭の中が真っ暗になる。

「千紗、落ち着け。大丈夫だ、すぐに救急車が到着する」

ようやく耀くんの声が耳に届く。けれど一度頭の中を埋め尽くした不安は拭えない。

「どうしよう……助けて。お母さんを、助けて――」

この場で騒いだところでどうにもならない、そう知りながらも救いを求めてしまう。

医者だって万能じゃない。軽々しく助かるなんて言えるわけがない。でも……そう言ってほしい。

すると、彼は真っ直ぐにこちらを見つめ、揺るぎない口調で言った。

「必ず助ける。大丈夫だ」

そのひと言で頭の中の霧が晴れた。力強い眼差しには、信じようと思わせるだけの力があった。

「俺が絶対に義母さんを助ける。千紗は不安にならなくていい」

彼の言葉が私を絶望の底から救い上げる。

不思議と不安が和らぎ、心が穏やかになった。

ほどなくして救急隊員が到着した。母をストレッチャーに乗せ、エレベーターで一階まで降下し、救急車に運び込む。

一階ロビーを通りかかったとき、呆然としている礼善さんの姿が見えた。

彼女はストレッチャーとともに救急車に乗り込もうとする私たちに気づき、駆け寄ってくる。

「なにが起きたんです⁉」

「母が――」

説明する間もなく、私は耀くんに背中を押され救急車に飛び乗った。

意識の戻らない母と私たちを乗せた救急車が礼善総合病院へと走る。病院の裏手にある救急用の搬送口の前で停車した。

「意識レベル三桁、血圧一三〇―八〇」

「頭部CTに回してくれ」

救急隊員の報告と耀くんの指示が飛び交う。母を乗せたストレッチャーが処置室へ吸い込まれていく中、耀くんは足を止め、私を抱きしめた。

「千紗、待っていてくれ。必ず助けるから」

いつものように全身全霊で私を包み込んでくれる。

無言のまま抱きしめ返し、ゆっくりと頷く。今は耀くんを信じて待つしかない。

彼は腕を解くと、母たちのあとを追いかけるように処置室へと入っていった。

私は救急の廊下にある長椅子に座り、ポケットから携帯端末を取り出す。バッグやお財布を持ってくる余裕はなかったけれど、近くにあった端末だけはなんとかポケットに押し込んだ。

とりあえず連絡をしなければと、義父の番号を探し出しコールする。

なかなか応答してもらえずあきらめかけたとき、ようやく『もしもし、千紗ちゃんかい？　里紗さんとは無事に会えた？』という朗らかな義父の声がした。

「お義父さん。今、お母さんが――」

震える声でなんとか状況を説明し、私は通話を終わらせた。

＊＊＊

「くも膜下出血だ。動脈瘤がふたつあるな」

頭部CT、続けて撮った脳血管造影検査の画像を指さしながら前鶴が診断を下す。

今は凝血により出血は止まっているが、いつまた危険な状態になるかわからない。早急に手術が必要だ。

加えて義母が経験した手の痺れ、感覚の喪失、視野の異常は別の原因が考えられる。

「血管に狭窄が見られる。こちらの方が深刻です」

促すように指摘すると、前鶴は嫌そうな顔をした。

「脳梗塞を併発してるのか？」

「原因はこちらでしょう。いずれにせよ放ってはおけない。トラッピングするしかないかと」

手術の難易度が跳ね上がり、さらに前鶴が表情を曇らせる。

「西城先生は出張中、上の人間は予定手術に駆り出されている。身内のお前がやるわけにはいかないだろう。俺で文句ないな」

肉親の手術は推奨されていない。いかに冷静な人間であっても、親の体を前にしてメスを握れば動揺する。

しかし、彼にこの手術をやり遂げるだけの技量があるとは思えない。本人もそれがわかっているから、覚悟しろと言いたいのだろう。

今この病院でこれを執刀し確実に成功させられる医師は自分しかいない。

「俺がやります」

「は？　患者は母親なんだろ？」

「関係ありません。俺ならやれる」

「できるわけがない。動揺してミスするのがオチだ。まあ、この難易度だ、死んでも誰も文句は言わないが――」

すかさず前鶴の襟もとを掴み上げ黙らせた。

ヤケになっているわけではないし、言い訳が通用するから手を挙げているわけでもない。俺の成功率が一番高いからだ。

「高難易度だから失敗しても文句は言われないと？　そんな甘い考えだからあんたの技量はいつまで経っても伸びないんだ」

他人にやらせて失敗されるくらいなら、医師生命を賭けてでも自分がやる。

手を離すと、前鶴はこれでもかというほど睨んできた。

「勝手にしろ！　俺はうしろでお前が自滅する様を見届けてやる」

捨て台詞を残しその場を立ち去る。

俺は関西に出張中の西城先生に連絡を取った。彼はスリーコールで出てくれたものの『今忙しいんだが。緊急か？』と急かされる。

「ええ。緊急手術が必要になりました。患者は俺の母親です。許可をいただきたい」

『具体的には』

「トラッピング術と――」

『ああ……いい。お前が自分でやるって言うからには、難易度が高いんだろ。前鶴には任せたくない。違うか』

沈黙で肯定すると、普段はとにかくやってみろと背中を押してくれる指導医が、珍しく躊躇いを見せた。

『お前が冷静なのは知っている。だが、……本当にやれるのか？』

「やれます」

『即答ね。お前らしい。ハードルが高いほど上がるタイプか？』

大切な義母の手術を前に、燃えているなど楽観的な表現をするつもりはない。

ただプレッシャーがかかるほど集中力は上がっていく。自分を追い詰めれば追い詰めるほど、感覚が研ぎ澄まされる。――絶対に成功させる。

『わかった。院長に許可を取っておく』

指導医のひと言に安堵する。院長は西城先生に逆らえないから、彼の説得があれば強引に肉親を執刀したと後々問題にならなくて済む。

『だが少しでも無理だと思ったら代われよ。お前だって人間なんだ。動揺くらいする』

「わかりました」

『なるはやでそっち帰る』

ぶつりと通話が切れる。その様子を見ていた看護士が心配そうに覗き込んできた。

「執刀は久峰先生でよろしいですか？」

「はい。執刀は私で、前鶴先生を待機させてください。至急、麻酔科医を手配して」

「わかりました」

手術に向けてスタッフたちが慌ただしく動き始める。俺は手術の同意を得るため、患者の肉親――千紗の待つ救急待合に向かった。

＊＊＊

どれくらい時間が経っただろう。窓から西日が差し込む緊急処置室脇の廊下で、私は長椅子に座ったまま伏せていた。

まだ耀くんからなんの連絡もないところを見ると、あれからずっと処置を続けてくれているのだろう。

しばらくすると、コツコツというヒールの音が響いてきて、私の目の前で止まった。

「千紗さん？」

顔を上げると、ここに来る直前、マンションのロビーですれ違った礼善さんが立っていた。よほど酷い顔をしていたのか、彼女は心配そうにこちらを見下ろしている。

「お母様はまだ処置中ですか？　……って、あなた、震えてるじゃありませんか」

言われて初めて体が冷え切っていると気づく。日が傾き気温が下がってきたせいか、エアコンの直風があたっていたせいか——気が動転して、寒さにすら気づけなかった。

礼善さんは自身のストールを私の肩にかけてくれる。

「……ありがとうございます」

「ほかに荷物は持って来なかったんですか？　お財布も？」

私が頷くと、彼女はバッグの中からお財布を取り出し、五千円を抜き取って私の手に握らせた。

「え……でも、いただくわけには……」

「処置が長引くかもしれないんでしょう？　あなた自身、お食事もとらなきゃなりませんし、もし手術や入院が必要となれば、一度タクシーで家に戻って準備をしなくては──」

そのとき、処置室の扉が開き白衣姿の耀くんがこちらに歩いてきた。

「耀くん」「久峰先生」

耀くんは礼善さんを見てぴくりと眉をひそめたけれど、すぐにこちらに向き直り足を止めた。

「くも膜下出血と脳梗塞が見つかった。これから緊急手術する」

脳の病気について詳しくない私でも、その恐ろしい病名は耳にしたことがある。

手術をすれば治るのか、成功率はどれくらいなのか──聞きたいけれど、聞くのが恐ろしい。

「千紗、俺に任せてくれるか？」

そう尋ねてきた彼は、恐ろしく冷静に見えた。覚悟を決めた揺らぎのない表情。

……ううん、もしかしたら、心の奥ではすでに母を苦しめる病魔と闘っているのかもしれない。耀くんの真摯なその目は、信頼に足るものだ。

私がこくりと頷いた、そのとき。

「ちょっと待ってください。執刀は久峰先生がするんですか？」

礼善さんが耀くんに詰め寄る。彼は淡々と目線を移した。

「院長の許可は取りました」

「そんな！　冷静でいられるわけありません。自分の親の体にメスを入れるなんて！」

私もようやく礼善さんの言いたいことがわかり、ハッとして息を呑む。

脳外科手術の難しさは、以前土岐田さんが教えてくれた。『切開箇所が0・1ミリズレただけでもアウト』――そんなプレッシャーの中、育ての親の体にメスを入れなければならない。

しかし、耀くんの反応は冷静なままだ。

「信頼できる医師がみな予定手術に駆り出されているんです。西城先生も不在だ。今確実に母を救えるのは俺だけです」

「それでもっ……誰かひとりくらいはほかに医師がいるんじゃありませんか？」

「成功率の低い人間に任せたくない。俺が執刀します」

耀くんの眼差しがいっそう鋭利さを増した。

私までぶるりと震え上がるような圧倒的闘争心。そして強い決意と、医師としての誇り。

これ以上なにを言っても取り合ってはもらえない、そう感じたのだろう。礼善さんは私に縋り付いてきた。

「千紗さん、止めてください！　身内の手術なんて、まともに執刀できるわけがないんです。もし失敗すれば、彼のキャリアが大きく傷つきます」

耀くんが落胆するかのように呟く。

「俺はキャリアのためにメスを振るっているわけではありません」

耀くんの心中は計り知れないけれど、ただひとつ言えるのは、目の前にいる患者を救う、それだけしか彼は考えていない。

「義母だから、ということですか？　ご自身のお母様ではないから、プレッシャーは感じないと？」

「違う。彼女は実の母以上に大切な人だ。俺をここまで育ててくれたのは紛れもなく彼女だ」

耀くんだって、二十年以上も寄り添ってくれた養母の命の危機が怖くないわけない。大切な人だからこそ、自分の手で闘いたいんだ。

その覚悟は生半可なものじゃない。

「なにより、千紗にもう悲しい思いはさせない。そう約束した」

じんと胸が震え、その瞬間、長い間忘れていた幼い頃の記憶が蘇ってきた。

父が交通事故に遭い、しばらく意識が戻らなかったとき。

『俺が頭のお医者さんになって、千紗のお父さんを助けてやる！』

泣き続ける私をそう励ましてくれた幼き日の彼。

――そうか。だから耀くんは脳外科医になったのね。

「私は耀くんを信じる」

気づけば口に出していた。礼善さんが悲鳴じみた声で「千紗さん……！」と叫ぶ。

「約束したんです。助けてくれるって」

それはもう二十年も前の約束で、当の父は亡くなってしまったけれど。

あの約束をしたのも、耀くんが脳外科医になったのも、きっと今日という日を乗り越えるための奇跡だったんだと思うから。

「お願い、耀くん。お母さんを助けて」

私の眼差しに耀くんが「ああ」と応える。

礼善さんは「もう！　どうして……！」と歯がみし、身を翻した。

「絶対に止めさせます！　お父様に訴えて、止めてもらうわ」

それだけ言い残し、救急の廊下を走り去っていく。

不安になって彼を見上げるけれど、「問題ない」と穏やかな声が返ってきた。

「俺を信じてくれ。絶対に裏切ったりしないから」

「うん。信じてる」

耀くんが処置室に戻っていく。

それから看護師さんに連れられカンファレンスルームに向かい、あらためて正式に手術の説明を受けた。すべてに同意し署名を済ませる。

手術センターの脇にある家族待合室に移動して、私はひとりで、ただひたすら成功を祈った。

人生で一番長い七時間が経過した。

＊＊＊

指導医が出張先の関西から戻ったのは、山場を越えたあとだった。

「おーおーここまでひとりでやったのか、上等上等。あとは代われ」

手術室に現れた西城先生に交代を命じられる。

最後までやり切りたい気持ちもあったが、普段以上に集中力を使い、心身が限界に近かった。先生もそれを見抜いた上で交代を指示したのだろう。

ここで意地を張っても仕方がない、大人しく執刀を交代した。

「あーあ。全部綺麗に終わっちゃってるじゃないか。おいしいところが全然残ってない。慌てて戻ってきて損したなあ」

そんな無駄口を叩きながら西城先生は、一般的な脳外科医の三倍のスピードで処置し、あっという間に閉頭まで終わらせてしまった。

「西城先生。ありがとうございました」

手術室を出たところにあるホールで、俺は彼に頭を下げた。

「お疲れ様。見事だったね」

パン！　と景気よく肩を叩かれる。普段はのらりくらりとしている西城先生だが、今は明らかに上機嫌だった。

「わざわざ予定を切り上げて戻ってきてくださったんですね」

「ただのオペなら戻るつもりはなかったが、事情が事情だからな。さすがの君でも身内相手には冷静さを欠くと思った」

手塩にかけて育てた教え子に挫折されては困ると思ったのかもしれない。俺は西城先生の弟子として名が知れすぎてしまったから、彼の看板の一部を背負っていると言っても過言ではない。

「手術室に到着した瞬間、君の目は確かに普段とは違っていた。冷静ではあったが、熱さも感じた」

実際のところ、手術中は冷静でも興奮しているわけでもなく、極限まで研ぎ澄まされていた。アスリートでいうところのゾーンに入った状態だ。

更衣室に向かいながら、西城先生は指先を俺の眼前に突きつけ、にやりと笑う。

「アドレナリンのコントロールがうまいねえ。ドーパミンやエンドルフィンがどばどば出ただろう」

「いや……意識していたわけでは」

そのとき、背後から「西城先生」と呼びかけられた。看護師が彼のもとに駆け寄ってくる。別の手術でイレギュラーな事態でも起きたのだろうか。

彼をその場に残し、ひと足先に更衣室に入ると、すでに手術室を出ていた前鶴と目が合った。

「偶然うまくいっただけだ」

部屋に入るなり不満げに言い渡され目を丸くする。

彼はブルーのスクラブスーツを脱ぎながら、愚痴のように漏らした。

「調子に乗るなよ。あんな綱渡りのオペ、まぐれでしかない」

俺はとくに言い訳もせず、自身のロッカーに向かう。

「現に西城先生は到着するなり執刀を代われと言っただろ。お前の手もとが怪しかった証拠だ」

「あのときは――」

口を開こうとしたそのとき、更衣室のドアが開き西城先生が入ってきた。

先ほどの看護師とのやり取りは問題なかったのだろうか。

「さっきのあれは大丈夫だったんですか?」

「ああ。ただの事務処理だ」

西城先生は面倒くさそうにため息を漏らしながら、自身のロッカーに手をかける。

「――で、今の話の続きだが」と切り出し、前鶴に目線を向けた。

「俺が久峰に執刀を代われと言ったのは、まあ、労いみたいなもんだ。俺自らPAを買って出たんだぜ? 笑い話だろう」

PA――フィジシャンアシスタントとは、医師の監督下で医療行為をする助手のことだ。

とくに海外では開頭や閉頭など、比較的単純な作業は彼らが受け持つ。心臓や脳など長時間にわたるオペを医師ひとりですべてこなすのは、負担が大きすぎるからだ。

世界的権威にアシスタントがするような単純作業を任せた——笑い話にしてもらえなければ始末書ものだ。

「本来ならお前にやってほしかったんだが。そんな精神状態じゃなかっただろう？」

西城先生の冷ややかな物言いに前鶴がぎりっと歯がみする。

前鶴は俺の背後で手術の失敗を願っていたに違いない——今まさにそんな顔をしている。

「偶然でどうにかなるような甘い世界じゃない。だから久峰はお前がやるより自分でやった方がマシだと判断したんだ」

『偶然うまくいっただけだ』という発言が外まで聞こえていたのだろう。メスのように鋭利な言葉で前鶴の歪んだプライドを切り裂く。

「っ……！」

前鶴は慌ただしくロッカーを閉め、更衣室を出ていった。

日々生死に向き合っていれば、次第に感覚は麻痺する。患者が命を落とすたびに嘆いていては仕事にならないからだ。

ときに冷酷に線を引き、仕方がないと割り切って、黙々と手術をこなす。

しかし、医師が患者の命を、人生を背負っているということを忘れてはならない。

——そこに偶然があってはいけないんだ。

患者のために、患者を大切に思う人たちのために、偶然を必然に変える努力をしていくのが医師だ。ときに運と闘わなければならなくとも、打ち勝つだけの実力を積み上げるのが医師の努め。

……二度と大切な人を悲しませないために。

頭の中に大切な女性を思い描きながら、きゅっと手を握り力を込めた。

二階の集中治療室に向かうと、千紗がガラス窓越しにベッドの上の母を見つめていた。

疲弊した横顔。俺は俺で闘っていたが、彼女は彼女で闘っていたに違いない。

俺の姿に気づくと「耀くん！」と声を上げ、駆け出してきた。

「千紗」

飛び込んできた細い体を受け止め、強く抱きしめる。こちらを見上げる目から、ほろほろと涙がこぼれてくる。

「耀くん。ありがとう。約束、守ってくれてありがとう」

彼女は覚えているのだろうか、医者になって父親を助ける——そう約束したときのことを。

時を経てようやく別の形で約束を果たせた。

脳外科医になるのが簡単だったとは言わない。だが、俺が積み上げてきたものは、なにひとつ無駄ではなかった。

「手術は成功した。あとは義母さんの体力を信じよう」

「うん」

大手術を終え、まだ予断を許さない状況だ。だが必ず救いきってみせる。

「耀くんが手術してくれたって知ったら、きっとお母さん、喜ぶよ。こんなに立派な息子がいて誇りに思うよ」

「だといいな」

「私だって、こんなに立派な兄がいて、すっごく誇らしいもの」

『兄』というフレーズに肩の力が抜ける。

どこか切ない気持ちをかみしめながら千紗の頭を撫でると、彼女は「でも……ごめん。私——」と俯きがちに語り出した。

「耀くんを『お兄ちゃん』って思ったこと、あんまりないの。なんて言うか、兄だけど兄じゃないというか、耀くんは耀くんなんだよ」

俺の胸もとに顔を押し付けながら、恥ずかしそうに独白する。いや……震えているのだろうか。

「みんなから天才って呼ばれてて、お母さんを助けてくれたことも、すごくすごく誇らしい。でもそれは、兄妹だからじゃないんだ。自分でもちょっと変かなって思うんだけど、私は――」

千紗がゆっくりと顔を上げる。ほんのり赤く染まった頬に、キラキラと瞬く瞳。濡れた睫毛。

「私にとって耀くんは、兄って枠に収まりきらない、特別な存在なの」

きゅっと俺の袖を掴みながら、必死に訴えてくる。彼女の気持ちが伝わってきて、頬が緩んだ。

「……俺も同じだ」

感情豊かな表情に吸い寄せられ、危うく唇を奪いそうになり慌てて軌道修正する。眠っているとはいえ、義母の前で唇にキスはまずい。

代わりに頬をくっつけると、涙に濡れてひんやりとしていた。

「兄だの妹だのは関係ない。俺にとって千紗は、誰より大切だ」

小さな体をきゅっと抱きしめ返したあと、そっと離す。

いつかこの想いをきちんと千紗に伝えなければならない。

だが、今は義母の回復が優先だ。千紗もまだ気が動転している。

「俺はしばらく義母さんの様子を見る。ひとりで帰れるか？」

「うん。大丈夫。お母さんをお願い」

千紗を連れて一階に下り、夜間出入口を抜け、タクシー乗り場に向かう。

タクシーに乗せ見送ったあと、院内に戻ろうとすると、出入口の脇に女性が佇んでいるのが目に入った。

「礼善さん……？」

彼女は静かな瞳を携え、こちらにやってきてぺこりと頭を下げる。

「手術、成功したそうですね。おめでとうございます」

「ありがとうございます」

執刀に反対していた彼女だ、素直におめでとうを言うために現れたわけではないだろう。彼女は院内に戻るよう促しながら、俺の隣を歩いた。

「結局、久峰先生がほぼおひとりで執刀されたとか」

「西城先生も駆けつけてくださいましたよ」

「ですが、主要な処置はすべて久峰先生がされたと伺いました」

「耳が早いですね」

すでに二十二時、外来のある一階はひと気がなく薄暗い。中央ロビーを抜け、二階の集中治療室に繋がるエレベーターへ向かう。

「今回はことなきを得ましたが、毎回うまくいくとは限らないと私は思っています」

礼善さんが遠慮がちに切り出す。

「どうか、将来を見据えて堅実にキャリアを積み上げてください。久峰先生はいつかきっと――」

「己のキャリアのためにリスクのある手術を避けて、みすみす患者を死なせるわけにはいかないでしょう」

淡々とした返答は、気づけば棘のあるものになっていた。礼善さんがハッとして身を固くする。

「俺は患者が助かる可能性の一番高い道を模索しているだけです。その過程で自分のキャリアどうこうを天秤にかけたりはしませんよ」

俺は院長の跡継ぎになりたいわけではない。キャリアを積み上げ優秀な医者として崇められたいわけでもない。

ただ患者を救いたい。西城先生のように患者の命を安心して預かれる名医になりたい。誰かの笑顔を守るために。

経営者の娘からしてみれば受け入れがたい綺麗事なのだろう、彼女は閉口した。

「それと――」

エレベーターホールで足を止め、彼女に向き直る。

「先日もお話しした通り、やはり俺はあなたのパートナーにはなれません」

お試しデートと称し美術館へ行ったその日のうちに、彼女にはそう告げていた。考え直してほしいとも言われたが、いくら考えても結論は揺らぎそうにない。

「それは千紗さんがいらっしゃるからですか？」

核心を突いた質問に口もとが緩む。

千紗で埋め尽くされた狭苦しい心に、別の女性が入る余地などない。

実際に千紗と結ばれるかどうかは関係ない。残された人生すべて千紗のために使うのが自身の幸せであると気づいた。見返りなどいらないのだ。

「院長によろしくお伝えください」

彼女に一礼してエレベーターに乗り込む。俺の心にあった揺らぎはすっかり消え去り、確固たる信念だけが残った。

第九章　もっとかけがえのない存在に

手術から一週間。母は順調に回復し一般病棟に移った。

まだ体力は戻っておらず、普段通りとはいかないけれど、後遺症が見られないのは奇跡的だという。耀くんが頑張ってくれたおかげだ。

土曜日、私はお見舞いに礼善総合病院へ向かった。

花を買っていこうと耀くんに相談したのだけれど、生花の持ち込みは感染症を引き起こしたり花粉が飛んだりして好ましくないという。

とはいえ病室は殺風景なので、ハーバリウムを差し入れることにした。元気が出そうな赤や黄色の花がオイルに浸かっている。

「お母さん、これどう？」

「素敵ね！　私の好きな色だわ」

母の病室は個室で、窓台の下に小さな棚が取り付けられている。ベッドからでも見える位置にハーバリウムを置いた。

「それにしても、本当によかったの？　お義父さん、せっかく日本にいてくれるって言ってたのに」

私は見舞い用のチェアに腰かけながら、ベッドで横になる母に尋ねる。

母が倒れてすぐ、義父は日本に帰国した。出張を取りやめ、付きっ切りで看病すると言ってくれたのだが、母の方がやめてほしいと断った。

「いいのよ、重荷になりたくないもの」

とはいえ、術後すぐには飛行機に乗れない。今後の経過を見るためにも、耀くんは半年程度は日本にいてほしいと言っていて、義父もその意見に賛成している。

義父と離れ離れになってしまい、私まで心が痛む。

「しばらくは私とふたり暮らしだね」

「そうねぇ……」

耀くんの家に三人で暮らすという案も出たけれど、半年間も居座ってはさすがに申し訳ないと母が拒んだ。

結局、実家で私とふたり暮らしをすることになったのだが、それはそれで不満なようだ。

「私とふたり暮らしじゃ嫌なの？」

「だって耀くんの家、居心地よかったんでしょう？　千紗を引き戻すのがなんだか申し訳なくって」

「引き戻すもなにも。実家にいる方が普通だから」

もともと私は実家に暮らしていたわけだし、耀くんの家に身を寄せていたときの方がよっぽどイレギュラーだ。

そんな押し問答を繰り返していると、ノック音が響いてきた。ガラリとドアが開き、白衣のままの耀くんが姿を見せる。

「調子はどうだ？」

仕事の合間に様子を見に来てくれたみたいだ。

「おかげさまで今日も元気よ」

「なにかあったらすぐ教えてくれよ。義母さんはすぐ無理するから」

相変わらず心配性な息子に、母は「はーい」と軽快に答える。

「千紗。義母さんの様子がいつもと違ったら教えてくれ」

「もちろん！」

私にまで念を押して、耀くんが病室を出ていこうとする。

しかし、不意に母が「ねえ耀くん」と呼び止めた。

「あなたの縁談って、どうなったのかしら？」

耀くんの肩がぴくりと震えた。

縁談がどうなったのかは、私が聞きたいくらいだ。とはいえ、なんとなく聞けないでいた。

「すぐにどうこうって話じゃないよ。まずは自分のことだけ考えてくれ」

耀くんの濁すような返答に、母はふふっと含むように笑った。

「あのね、耀くん。千紗には前に話したんだけれど――」

不意に母が切り出す。耀くんは壁に立てかけてあった予備の折りたたみチェアを持ってきて私の隣に腰かけた。

「耀くんと千紗が結婚するのも、私はアリだと思うのよ」

「おっ、おかあさんっ！」

それは本人に言っちゃダメなやつだ！　耀くんも驚いた顔で母を見つめている。

「義母さん。血圧が上がるような話は治ってからにしてくれ」

「でも、いつ死ぬかわからないし、言えるうちに言っておかないと」

「いや、お母さん、死なないよ。助かったから」

「大事なことは、ちゃんと言葉にしておかないとって思ったのよ」

制止する私たちを言いくるめ、母は緩やかな微笑みを浮かべる。

生死の境をさ迷って、人生を見つめ直したせいだろうか。それは遺言などではなく、今を真剣に生きるがゆえの言葉なのだと悟った。

「私ね。ふたりには幸せになってほしいの」

窓の外の青空を眩しく見つめながら、ゆっくりと語り出す。

「血の繋がりがあろうとなかろうと、そんなことはどうだっていいのよ。大事なのはふたりが過ごしてきた二十年間。お互いがどんな存在であるか。……余計な価値観や、そうすべきって概念に囚われているなら、今すぐ捨てちゃいなさい」

……もしかしたら母は、私が耀くんに抱く感情に気づいているのかもしれない。

そういえば耀くんが縁談の話題を切り出したときも、心配そうにしていたっけ。

「ふたりが幸せになれる道を探して。お母さんは、いつだってふたりの味方だから」

まるで私たちの背中を押すように告げる。

思わず耀くんを見上げると、彼は真剣な表情で母の話を聞いていた。

「ふたりには笑顔でいてほしいのよ」

私たちを順繰り見つめる。

なにも言えずにいると、耀くんが「わかっているよ」と苦笑した。

「必ず千紗を幸せにするから大丈夫だ。安心してくれ」

耀くんの手が回り込んできて、隣に座る私の頭をぽんぽんと撫でる。

母は目を細め「私もちょっと心配性になりすぎたかしらね」と困ったように笑った。


その日の午後。私は院内にあるカフェで待ち合わせをしていた。

持参した紙袋には、クリーニング済みのストールが入っている。封筒には五千円。

ミルクティーを飲んでのんびり待っていると、約束の時間五分前に彼女が現れた。

「わざわざお呼び立てして申し訳ありません」

立ち上がって頭を下げると、彼女は「いいえ」と綺麗な笑みを浮かべて、手に持っていたラテをテーブルに置いた。

「父のところに寄ったついでです。お気になさらず」

そう言って正面のチェアに座ったのは礼善さん。私は借りたストールとお金を「ありがとうございました」とお返しして、チェアに座り直した。

「こちらこそ丁寧にありがとうございます。お金はよろしいですと申しましたのに」

「いいえ。兄がきちんと返してこいと……」

礼善さんとは事前に耀くん経由で連絡を取り合っていた。ストールとお金を返したいと告げると、最初は【差し上げます】という返事がきた。

さすがに申し訳なく思い、何度か引き下がると【ではストールだけいただきます】となんとかアポイントを取り付けられたのだ。

とはいえ、お金もきちんとお返ししたい。封筒を差し出すと、彼女は苦笑して「確かにいただきました」と受け取ってくれた。

「お母様の具合はいかがですか？」

「はい、おかげ様で順調に回復しています」

礼善さんは「それはよかった」とラテをひと飲みした。

カップを口に運ぶ仕草がすごく上品だ。自分にはない育ちのよさを感じながらも、負けじと背筋を伸ばす。

耀くんとのことを尋ねてみようと息を呑むが、言葉を選んでいるうちに彼女が先に口を開いた。

「久峰先生はストイックな方ですね」

唐突に耀くんを褒められて、ぱちりと目を瞬かせる。わけもわからず「ありがとうございます」と頭を下げると、彼女は困ったように目を細めた。

「患者を第一に考える、いい医師です。病院経営をする身としては、困ったものですけど」

「母の手術のことでしょうか？」

「ええ。キャリアなんてどうでもいいとはっきり言われてしまいました」

ラテを口もとに運びながら、窓の外に広がる中庭をぼんやりと見つめる。

「いざとなれば、次期院長の座をちらつかせてでも私のもとに来ていただこうと思っていたんですが。その程度ではなびいてくださらないようです」

寂しげにぽつりと漏らす。それは耀くんとの縁談をあきらめたという意味に聞こえた。私はミルクティーのカップを持つ手にきゅっと力を込める。

「千紗さんは久峰先生の義理の妹なんでしょう？」

「あ、はい」

「それで？　久峰先生とお付き合いなさってるの？」

「えっ――」

予期しない質問に、手に力が入りすぎてカップがぐらりと傾く。

「熱っ」

思わず腰を浮かすと、彼女は「どうされたんです⁉」とびっくりした顔で脇にあった紙ナプキンを差し出した。

「その調子ですと、久峰先生とそれらしい話は、まったくしていないのですか？」

「それ、らしい、と言いますと……」

「おふたりは想い合ってらっしゃるのでしょう？」

「えええええ……」

どうして礼善さんがそんな誤解を？

困惑していると、うしろの方から「あれ？　おふたりさーん」という軽快な声が聞こえてきた。

振り向いた先で、白衣を着た土岐田さんがひらひらと手を振っている。髪はダークブラウンのミディアムパーマに戻っていた。

近くのチェアを引きずってきて、私たちの間にどっかりと座る。

「珍しい組み合わせですね。もしかして、久峰の奪い合いですか？」

笑いにくい冗談を言って私たちを交互に見る。

礼善さんは私が濡らしてしまったテーブルを紙ナプキンで拭きながら、呆れたような声を上げた。

「土岐田先生、聞いてくださる？　せっかく私が身を引いたのに、久峰先生ったらまだ千紗さんとの関係をうやむやにしているようなんです」

「えっ！　千紗ちゃん、まだ素直になってないの？」

ドキリとして肩が跳ねる。そういえば『素直になってみてもいいんじゃない？』と助言をもらったまま、実行できずにいた。

土岐田さんはムッとしてこちらを覗き込んでくる。

「それじゃあ、俺が身を引いた意味もないじゃん。どうして俺がこれまで一度もメッセージ送らなかったと思う？」

「え……。てっきり忙しいのかと」

「うわー、気遣い全然伝わってないし」

はあーと深いため息をついてうなだれる。礼善さんが口もとを押さえて「まったくですね」とくすくす笑った。

「おふたりがそんなにのんびりしてらっしゃるんでしたら、もう一度久峰先生をデートに誘ってみようかしら」

「あー、俺も。千紗ちゃんをデートに誘っちゃおうかなー」

「えええ……」

ふたりに責め立てられ縮こまる。またミルクティーをこぼしそうになり、慌ててカップを押さえ込んだ。

そんな私を見つめて、土岐田さんが柔らかい表情で口の端を跳ね上げる。

「デートに誘われて困るんだったら、早く久峰とくっついちゃいなよ」

気づけばふたりにその気があるのかないのかと吊るし上げられていた。礼善さんまでからかうように笑っている。

……まだお互いの気持ちだって確かめ合ってないのに。

かといって耀くんと礼善さんがデートをしたら、きっと嫉妬するのだろう。土岐田さんからデートを申し込まれたとしても、応えられない。

私は耀くんを独占したい。耀くんに独占されたい。その気持ちは疑いようがないし、開き直るしかないのだ。

『余計な価値観や、そうすべきって概念に囚われているなら、今すぐ捨てちゃいなさい』――母の言葉が脳裏をよぎる。

私は耀くんが好きだし、その気持ちはきっと恥ずべきものではないのだろう。

からかいながらも背中を押してくれたふたりに「はい」と答えるしかなく、照れくさくなって俯いた。

その日の夜、耀くんは二十一時に帰宅した。夕食にと作ったルーロー飯風豚肉ご飯と、大根と筍のスープを食卓に運ぶ。

「義母さん、千紗が帰ったあとも見舞いのハーバリウムを喜んでたぞ。ああいう気遣いは娘ならではだって。なんだか負けた気がするな」

喜んでくれていたと聞いてホッとする。そこに耀くんが対抗意識を燃やしているのは予想外だったけれど。

「負けたもなにも、耀くんはお母さんの命を救ったじゃない」

「そういう問題じゃないんだ。俺もなにか気の利いたものを差し入れないと長男としての威厳が――」

「耀くんが頑張るのはそこじゃないよ」

このままでは差し入れ合戦が始まってしまう。

なだめていると、耀くんが「そういえば」と切り出した。

「日中、土岐田にどつかれたんだが。お前、なにか話したか？」

ぎくりとして、湯呑に伸ばした手が止まった。そのリアクションで黒だと察したらしく「なにがあった？」と目を据わらせる。

「べ、別になにも。病院で会ったから挨拶しただけ」

「本当に？　お前をデートに誘ったと言っていたが？」

今度こそ動揺して湯呑を取り損ねる。ひっくり返しはしなかったが、中の台湾茶（たいわんちゃ）がちゃぷんと跳ねてテーブルにこぼれた。

「熱っ」

ミルクティーをこぼした昼間に続き、またやらかしてしまった。湯呑から慌てて右手を離し、冷ますようにパタパタ振る。

「なにしてるんだ……！」

すると、耀くんが私の右手を掴み立ち上がった。

「えっ、耀くん？」

私をキッチンに連れていくと、シンクの水を流し冷水に指先をさらす。

「だ、大丈夫だよ、火傷してないから」

「熱いって言ったろ」

「一瞬だから平気」

水を止めると、耀くんは私の指先をじっと見つめ、火傷がないかを確認した。いろいろな角度でまじまじと見つめられ、なんだか恥ずかしくなってしまう。

「どこを火傷した？」

「もう平気、本当に大丈夫だから」

私をソファへ連れていくと、再び指先を確認。小さな赤い痕を見つける。

「ここか？」

そう言って勝手に判断すると、自身の口もとに持っていってぺろりと舐めた。

中指に耀くんの舌の感触。初めてキスした日を思い出し、頭の中が沸騰する。

「舐める必要、あった……？」

下を向いておずおずと切り出すと、耀くんは頭上で小さく笑った。

「舐めときゃ治るって言うだろ？」

「お医者さんがそんな非科学的なこと言わないで」

「千紗にしては珍しく正論じゃないか」

「なっ――わかっててやってる!?」

怒って顔を上げると、ちょっぴりいたずらっぽい、でも甘く優しい目が待ちかまえていて。

「昔もこうやって、痛いの痛いの飛んでいけってやってやっただろ？」

そう言って再び指先にキスをする。もう火傷も傷も関係なく、ただ私を困らせるためにやっているのではないだろうか。でも――。

「嫌ならやめるが、どうする？」

そう尋ねられると拒めなくなる。思わず「嫌じゃないけど……」と要領を得ない返答をしてしまった。

「それで？」

再び私の手を取り自身の口もとに持っていって、ちょっぴり鋭くなった瞳をこちらに向ける。

「土岐田とのデートは？　了承したのか？」

「し、してないっ。そもそもデートなんて誘われてないよ。耀くんを煽ってるだけ」

「煽る——ね。やっぱりなんかあっただろ」

そうするだけのなにかがあったと自白したようなものだ。私はうっと口ごもる。

「……………私がいつまで経っても素直にならないから」

「どういう意味だ？」

不思議そうな顔をする彼に、覚悟を決めて向き直る。

ずっと隠してきたけれど、もうこれ以上避けては通れない。嘘偽りのない気持ちをぶつけようと、大きく息を吸った。

「私ね、耀くんのことが——」

思い切って言おうとしたとき。耀くんがあっけらかんと口を挟む。

「なんだ？『俺のことが好き』以外に、なにかあるのか？」

……いや、好きは好きなんだけれど。

耀くんの言う『好き』と私の『好き』は決定的に違う。

「そういう意味で言ってるんじゃないの」

もう一度大きく息を吸い仕切り直し。今度こそ身構える。

「私ね、子どもの頃から、ずっとずっと耀くんが――」

「男として好きだって？」

再び先回りされ、今度こそカチンと凍り付いた。

そう、私が言いたかったのは、まさにそれ。確かにその通りなんだけれど。

「ど、どうして先に言っちゃうの……一世一代の告白のつもりだったのに」

これじゃあ、締まるものも締まらない。

「バレバレなんだよ。口が素直じゃなくても態度が素直すぎる。近寄るたびに顔真っ赤にされちゃ、気づくなって方が無理だ」

耀くんが呆れた顔でこちらを見下ろす。せっかく作り上げたムードを壊されて、もう開き直るしかない。

「……それで。それをわかってて、耀くんはどう思ってた？」

全部知った上で私にキスをした。なのに距離を置くような真似をして……。

耀くんが肩を落として嘆息する。こちらへ手を伸ばし、そっと包み込むように私の両肩に触れた。

「俺を男として愛してくれるのなら、応えたいと思ってた」

くっと体を引き寄せ、でも密着する直前で踏みとどまる。なにかに躊躇い、押し留まるかのように。

「だが、兄妹で愛し合うことに抵抗があるんだろう？　感情は別として、理性が受け入れられなかった、違うか？　だからあの日、両親に『兄妹で結婚なんてありえない』と言ったんだ」

私が両親に向かって叫んだあの台詞。その場にいなかった耀くんがどうして知っているのだろう。

「まさか、聞いて――」

「聞こえたんだよ。窓が開いてたから」

確かに興奮して大きな声を出してしまったけれど、まさか外まで丸聞こえだったなんて。恥ずかしさと後悔が押し寄せてきて、頭を抱える。

「それで突然態度が変わったの？　礼善さんと縁談するなんて言い出して……」

あの日、耀くんはこれまでひた隠しにしていた縁談話を両親に打ち明け、さらには私を土岐田さんに紹介するとまで言い出した。

変だとは思っていたけれど、私の不用意な言葉が生んだ誤解だったのだ。

「両親やお前を安心させたかったんだ。俺たちがそれぞれ相手を見つければ、丸く収まると思った」

耀くんが気まずそうに目を逸らし、首のうしろに手を当てる。

「それで、礼善さんと付き合おうとしたの？」

耐えがたい質問に声が震えた。

たとえ今はそのつもりがなくても、ほんのひとときでも礼善さんをそういう目で見ていたんだとしたら――情けないけれど嫉妬してしまう。

そんな複雑な心情に気づいているのか、彼は「いや」と否定する。

「もともと付き合うつもりはなかった。……まあ、強引に押し切られて、休日に予定をねじ込まれたが」

本意じゃないような言い方だけど、それでも耀くんは礼善さんと過ごすひとときを楽しんでいたのだろう。ふいっと目を逸らして唇を尖らせる。

「美術館デート、楽しかったんでしょ？」

「彼女は楽しそうにしていたな。失礼にならないように話を合わせていたが、正直、

「俺は芸術がさっぱりだから」

　へっ、と声を裏返らせる。高学歴の医師と良家のご令嬢の組み合わせだけあって、知性に富んだ高次元デートを楽しんでいるものとばかり……。

　耀くんがいたたまれない顔で言い訳する。

「キャンバスに線が一本しかない抽象画とか、俺でも描けるって思うだろ」

　それは私が抱いた感想と同じだった。

　思わず「あっははは！」と声を上げて笑ってしまう。

「笑いすぎだ」

　お腹を抱える私を見て、耀くんは不本意そう。

「まさか耀くんの芸術的センスが私と同じレベルだなんて思わないじゃない。あ、あの絵には過酷な時代背景と画家の葛藤が込められてるんだって。土岐田さんが言ってたよ」

「あいつ、変なところで博識だからな」

　私と同レベル扱い、加えて土岐田さんが自分より芸術に詳しかったのが堪えたのだろう、不満げに頭をかく。

　でも私はどこか安心していた。

「あのね、耀くん」

あらたまって切り出す。声のトーンの変化に気づき、今度こそ耀くんは真剣な表情で取り合ってくれた。

「あの日、私は礼善さんに嫉妬してたの」

耀くんのようなハイスペックな男性には、礼善さんのようなお嬢様がぴったりなのだと思っていた。でも、きっとそういうことじゃなかったんだ。

「お前が嫉妬してる頃、俺もお前のことで頭がいっぱいだった」

耀くんの手が私の背中に回り込み、今度こそ抱き寄せてくれる。

彼の腕の中はいつも以上に温かく、守られるだけじゃない、もっと別のものを与えられている気がした。

「ほかの男に譲るなんて、やっぱりできない。千紗は俺の手で幸せにする。たとえそれが俺のワガママなのだとしても」

懺悔し、私を胸の内にきゅっと押し込める。

彼が罪と認識するそのワガママは、私が一番望んでいる未来だ。

私は耀くんの手で幸せになりたい——ほかの誰かではダメなのだ。

「そう単純にいかないのはわかってる。俺たちが兄妹として過ごしてきた二十年間は大きい。俺を受け入れられないなら、そう言ってくれてもかまわない」

耀くんは私を追い詰めまいとたくさん逃げ道を用意してくれるけれど、そんなものはいらない。

常識とか体裁とか、そういうものは全部捨てて、私は彼ともっと深みに落ちていきたい。

「受け入れられないなんて、思ってない」

きゅっと腕に力を込めて抱きつく。

「ずっと、ずっと好きだったよ。目を逸らそうとしてもダメだった。耀くんより好きになれる人なんて、この世にいないの」

ようやく口にした言葉に、私自身も背中を押された。

耀くんへの想いが、こんなにも強く深く、くっきりと心に刻まれていたのだと自覚する。もうこの感情からは目が逸らせないと観念した。

「耀くんとじゃなきゃ無理なの。耀くん以外に触れてほしくない」

誰になんと言われようと、私は耀くんを愛してる。

みっともなくとも情けなくとも、変と思われてもいい。

当たり障りのない仲良し兄妹に戻れなくてもかまわない。今さらこの気持ちをなかったことにはできない。

「俺もだ」

呼応するように彼も掠れた声を絞り出す。

「ずっとふたりで生きていたい。この先の人生は、全部千紗のために使いたい」

私の両頬を包み込み、切なげな目をする。伝わってくる焦燥に体が痺れて動かなくなった。

「今度こそ、本気のキス、していいか？」

熱のこもった声で求めてくる彼を、じっと見つめてこくりと頷く。

「耀くんの妹になれて、すごく幸せだった。でも、私はもっとその先に行きたい」

彼の唇に笑みが浮かぶ。

「ただの兄妹の振りはやめよう。俺たちはもっと深く、かけがえのない存在に――」

そう言いながら顔を寄せ、言葉の続きは行動で示してくれた。

ゆっくりと唇が重なる。温かくて柔らかな幸せに包み込まれ、瞼が重たくなった。

目を閉じると蜜のような甘い香りに意識が溶けていく。

今、私は妹から、彼の求める女性へと生まれ変わろうとしている。ようやく彼の特別になれる。

そのとき、口もとからふっと吐息の漏れる音が聞こえて、ゆっくりと目を開けた。

耀くんが目の前で、ちょっぴり困った顔をして笑っている。

「なにか……おかしかった？」

私のキスが下手すぎた？　おずおずと尋ねてみると、彼は私の手を握りながら「いや」と苦笑した。

「ずっと欲しかったものを、ようやく手に入れたから、嬉しくて」

はにかむような笑みを浮かべ、私に覆いかぶさってくる。ソファの背もたれに手をかけて、私を座面に転がした。

「もう抑えなくていいと思うと、どこまでもたがが外れそうだ」

私の手を拾い上げ、指を絡める。指の付け根に硬くて太い感触。するりと擦りぬけると、掴んだ手首を頭の上に持っていく。

ソファに体を押し付けられ、彼の重みを感じた。愛を注がれる未来がちらついて、鼓動が激しく音を立てる。

「嫌じゃないか？」

「うん……でも、なんだか恥ずかしい」

どんな顔で彼の愛情に応えればいいのだろう。現時点で表情筋が言うことを聞いてくれずふにゃふにゃだ。

これ以上、情けない顔は見られたくない。できれば手で顔を覆いたい。

すると、耀くんが私の鼻の頭に人差し指の先を置いた。

「千紗。これからは『恥ずかしい』はナシだ」

私は彼の指先を見つめて寄り目になりながら、ぱちりと目を瞬かせる。

「兄妹としての罪悪感は捨てろ。恥ずかしくも、悪くもない」

彼の手が私の前髪をかき上げる。額に顔を近づけて、唇で触れながら囁いた。

「俺たちは愛し合ってる。キスしたくて当然だし……ひとつにもなれる」

ちゅっ、と甘い水音が響いた。ぎりぎり視線の合う位置まで顔を離して、困り顔でこちらを見つめる。

「いつまでも妹の顔されてたら、俺はこれ以上、触れられなくなる」

「それは……困る」

「だったらいつまでも照れてないで、なにしてほしいか言え」

今度は唇にちゅっと甘い口づけを落とし、再び顔の距離を取った。じっとこちらを見つめて私の言葉を待っている。

「……言わなきゃダメ？」

「ああ。なにもしてほしくないなら、終わりにするか？」

「だ、だめっ！」

身を引く振りをする彼に食い下がると、彼は微笑して「ほら」といじわるに急かした。

今にも私を襲いたそうな目をしてるのに、私の口から言わせるなんて酷くない？

ううん、耀くんがちょっぴりSっ気入ってるのは、私もなんとなく気づいていた。よく私を責め立ててしゅんとしている姿を見ては、嬉しそうにしていたもの。

「千紗？」

深く悩み込んでいると、耀くんがちょっぴり不安を混じらせた目でこちらを見た。そんな顔をするのは、さらにずるい。

そういえば彼は極度の心配性だった。このままだと、不安になった彼が本当にイチャイチャタイムを終了させてもおかしくない。それはもっと困る。

「よ、耀くんっ」

決意を込めて呼びかける。

彼は「ん？」としたり顔で私の口もとに耳を近づけてきた。

恥ずかしい。けれど、照れるのも禁止。自分の顔が蒸気を噴きそうなほど熱くなっているのを感じる。

でも、ここに来て耀くんの特別になれないなんて悲しいから、必死になって声を絞り出した。

「え、えっち、してほしい」

耀くんの動きが止まる。長い睫毛を幾度か瞬かせたあと、彼は体を起こした。

「……キスしてほしい、とか、そういうのを想像してた」

わずかに頬を赤く染めながら、今さら驚いたような顔で彼が言う。

「えっ、えええ⁉」

間違えた……？　耀くんはキスとかハグとか、比較的健全なものを想像してた⁉

エッチしたいなんて思ってたのは、私だけ⁉　え、だってさっき、ひとつになるとかどうとか言ってたよね？　もしかして、心をひとつにとか、そういうこと……？

「意外だった。千紗が思った以上に積極的だったから」

「……今のナシにして……」

ひとり先走ったことを激しく後悔し慌てふためく。

耀くんはくすくす笑いながら、再び私の上に覆いかぶさってきた。

「悪い。本気でって言ったのは俺の方なのに、まだ少し妹扱いしてた」

頬に手を触れ、愛おしげに撫でる。郷愁に駆られるようなその眼差しは、兄としての彼と男としての彼が混じっていた。

「そうだよな。千紗ももう二十六だもんな。あの頃の、かわいいだけの千紗とは違う」

頭を撫でて髪を梳き、頬に軽くキスをするのは、きっと兄としての顔。

「好きな人に抱かれたいって、考えるような歳だもんな」

そう呟いて、わずかに目を細める。耳のうしろに手を回し、唇を近づけてくる、それは男としての顔で――。

「今までも、俺に抱かれたいって思ってた?」

不意に唇を重ねて、食むように絡ませる。その滑らかさと力強さに、驚いた喉から「んっ」と悲鳴が漏れる。

咄嗟に彼の胸に手をつこうとすると、指を絡めて押さえ込まれた。

「触ってほしいって、疼いてたのか?」

彼のもう片方の手が私の胸に触れる。大きな手のひらに支えられるように包まれ、驚いて体がびくんと跳ね上がった。

「ごめんな、千紗。苦しい思いさせて」

重なった唇から、柔らかな感触が内側に滑り込んできた。彼の舌が私の口内で暴れ出す。ねっとりと絡ませるような舌の愛撫は、胸の奥に潜むまだ見ぬ自分を引きずり出されるようで――。

「今日はたくさん気持ちよくしてやるから」

今度は胸を包み込む手が動いた。ゆっくり力を込められて、柔らかな膨らみが彼の指に添って形を変えていく。

「っはぁ……」

かろうじて漏れたのは、声にならない吐息だけ。押さえ込まれた腕がびくんと突っ張る。

「俺が見たことのない千紗を見せてくれ」

そう宣言すると、胸に指先をくっと押し込んだ。敏感な場所に強い力を加えられ、体がびくんと痙攣する。

「あぁっ……」

変な声が漏れ、慌てて唇をかみしめる。しかし、彼の舌がやめろとでも言うように私の唇を割って忍び込んでくる。

彼の指先が私の繊細な部分をころりと転がす。同時に与えられた愉悦に叫び出しそうになり、ぎゅっと強く目を瞑る。

唇がわずかに離れた瞬間、足りない酸素を慌てて取り込もうと、大きく息を吸った。

「……はぁ……耀く——はぁ……」

私だけ息も絶え絶えで情けない。彼はあんなに涼やかな顔をしているのに——と薄目を開けると、予想以上に昂った表情が見えて、余計に追い詰められた気がした。

「大丈夫か？　泣きそうだ」

気づけば目頭が熱くなっていた。気持ちいいのに苦しいなんて処理しきれない情動に襲われて、涙腺がおかしくなったみたいだ。

「これは……嬉しいのっ」

強がると、彼は胸から手を離し、「そうか」と涙を拭いてくれた。

「うさぎみたいに目が真っ赤で、かわいらしい」

甘く囁いて瞼にキスを落とす。

再び胸の近くに手を添えられ、愉悦を思い出した体がびくりと震えた。

彼が少し指先を動かしただけで私は昂り乱されてしまう——そう思うと胸の奥がぞくぞくしてくる。

目を閉じ唇を引き結ぶと、気遣うような声が響いてきた。

「言っただろ？　恥ずかしくないし、悪いことしてるわけじゃない」

軽く唇を絡め、慰めるようなキス。

「気持ちよくなっていいんだ」

私の感覚を肯定すると、トップスの下に手を差し入れ、ウエストラインを辿った。

上ってくる指先にドキドキして、再び呼吸が荒くなる。

背中に手が回ったかと思うと、ぷつんと胸もとが軽くなった。下着のホックが外されたのだ。

指先が下着の奥を探る。同時に首筋に舌を這わされ「きゃんっ」と悲鳴を上げた。

「その声もいいな。もっと聞きたい」

そう言って私の柔い肌に指先を食い込ませ、ふにふにと弄ぶ。たまに繊細な部分に触れられ、途方もない快楽を教え込まれる。

「ぁあんっ――」

漏れた声がリビングに響き渡った。耀くんが口の端を跳ね上げ、官能をエスカレートさせていく。羞恥心が限界だった。

「……耀くんのいじわる、エッチ！　やっぱり、恥ずかしい……」

「やめるか？」

「やめないで！　でも、こんな場所で……」

広々としたリビングの真ん中で、灯りに煌々と照らされてするなんて。

誰に見られているわけでもないのに、なぜか恥ずかしい。きょろきょろとあたりを見回す私に、耀くんが苦笑した。

「寝室に行くか？　だが行ったら行ったで、本当に歯止めが利かなくなる。千紗の全部を手に入れるまで帰さないぞ？」

「ここなら、全部はしないってこと？」

揚げ足を取るように尋ねると、耀くんはしばし考えて「それもないな。大人しくベッドへ行こう」と立ち上がった。

「あの、待って」

私は乱れた胸もとを押さえながら、彼の服の袖を掴む。

「最初にシャワーとか、浴びないの？」

こういうのは、体を綺麗にしてからするのではないだろうか。だってこれから、その……体に直接触るんでしょう？

おずおずと切り出すと、彼は「ああ」と考えて腕を組んだ。

「そうだな。入るか。一緒に」

「え……？」

予想もしない展開を提案され、私は自身の体を抱き込んで絶句した。

激しいシャワーの音。私の身長より高い位置に固定されたヘッドから、熱めのお湯が噴き出し、肩にあたって流れていく。

「千紗。そんなに小さくなってたら体が洗えない」

頭上から耀くんの甘い声。背中に彼の滑らかな肌がぺったりとくっついていて、擦れ合うたびに声が漏れてしまいそうだ。

彼がシャワーを止め、泡まみれの手をぬっと伸ばしてくる。私の胸もとに触れようとしたので、とうとう「きゃあっ」と悲鳴を上げてしまった。

「シャワーを浴びたいって言ったのは、そっちだろう？」

耀くんが不満そうな声を上げる。

「一緒に入るなんて考えてなかったよ」

だってまだ初めてもしてないのに、いきなり体を洗いっこするなんて、そんな大胆なこと……。

私が縮こまっていると、耀くんが呆れた声を上げた。

「だから見ないようにしてるじゃないか。ライトも限界まで暗くしてる」

メインのライトは点けず、足もとが見える程度の小さなサブライトのみ。

顔を突き合わせても陰影しか見えないとは思うのだけれど、それでも恥ずかしいものは恥ずかしい。

ついでに、耀くんのいたずら心がちょいちょい透けて見えている。

「どうして今日はスポンジ、使わないの？」

「……直接触れたいからに決まってる」

泡でぬるりとした手が私の肩から肘に滑り落ちてきて、思わず「ぁんっ」と悲鳴を上げてしまう。

「ノリノリじゃないか」

「違うっ、今のは反射的に――」

「人間の体は反射であんないやらしい声が出るようにはできてない」

耀くんの手がお腹に回る。ぞくりと肌が粟立って、膝の力が抜けそうになった。

さらに彼の手が鼠径部をなぞり「っぁ……！」と声にならない声が上がる。

「……感じた？」

挑発的な声に、指先の動きに、体が火照ってくずおれそう。お湯の熱さとはまた違う、内側から滾るような熱が溢れ出して止まらない。

「……ん……責任取ってくれないと、怒るから」

くるりと彼に向き直り、首筋に手をかけると、頭を押し下げ唇を探した。彼は驚いたようにぴくりと震えたけれど、すぐに察しをつけてキスをくれる。

再び彼がシャワーを捻り、ふたりの体をお湯が包み込む。

「……ここで、する？」

彼の手が私の太ももを掴み、持ち上げる。押し付けられた昂りに、彼は私以上に重症なのだと気づき、嬉しくなる。

「ううん、ベッドがいい」

強がったものの私自身限界で、彼の素肌に抱きついたまま離れられない。

温かくて逞しくて、なんて大きい体なのだろう。早くベッドに行きたい。思い切り抱き合って、ひとつになりたい。

「――これをベッドまで我慢するのか」

私以上につらそうな耀くんが苦笑する。

「千紗とのシャワーは失敗だった。今度からはベッドに直行しよう」

お互いの体をたっぷり撫で合って内に熱を蓄えたあと、私たちはバスルームを出た。

軽く体を拭いて水気を取ると、湿った髪もそのままに耀くんのベッドに飛び込んだ。

体に巻いていたバスタオルが取れ、素肌があらわになる。彼は私の体に赤い痕を刻みながら、首筋から胸もとへと唇を容赦なく滑らせていった。

「あ……あ……」

彼の頭をぎゅっと抱え込んで自身へと押し付ける。こんな卑猥で大胆になってしまった自分が信じられない。でも——止まらない……！

「もっと声、上げていい」

人が一生懸命堪えているのに、努力を無駄にするようなことを言うのだから酷い。

「ダメ……止まらなくなっちゃう」

「いいんだよ。止めるな」

彼の指先が私の下腹部に伸び、裂け目を探ろうとする。足を擦り合わせて抵抗するも、彼の力と自身の欲望に抗いきれない。

「いや……あぁ……」

「聞きたい。もっと千紗の声が。どんな顔で、どんなふうに愛されるのか——」

すっかり蕩けたその部分を彼が丁寧に押し開き愛撫する。意識が朦朧として、気がつけば腰が振れていた。

欲望に駆られたこんな醜い自分を見せたくない、理性がそう歯止めをかけるのと同時に、本能は混ざり合いたいと主張していて、体と心がバラバラで収拾がつかない。

「教えてくれ。千紗を、もっと見せて」

指先を深く押し込まれ呼吸を忘れた。

幾度も幾度も繰り返し、私の理性を剥いでいく。

「耀くん……だめ……もっと」

「まだダメだ。イかせない」

焦らすように手を止められた。私が求めるのを待っているのだろう、本当にいじわるな人だ。

「お願い……もっと、して。私を愛して」

「千紗の全部をくれる？」

こくこくと頷く。彼の全部が欲しい。もう指先で気持ちよくしてもらうだけでは満足できそうにない。

「私を、耀くんのものにして」

彼が私の上にのしかかる。じわりじわりと愛を押し付けられ、次第に深く重なっていく。甘い痛みと満足感で、視界が真っ白に染まった。

「声を聞かせてくれ」

深い愛を穿たれ、ぎりぎりの意識下で彼の声が耳に届く。

「俺にだけ、千紗の声を――」

掠れた彼の声に背中を押される。何度も押し寄せてくる快感の波が、私の理性を押し流し、彼への愛でいっぱいにした。

「あぁっ……あぁん……！」

生まれて初めて愛する人のために啼く。艶めいた声が寝室に響き、彼が満ち足りた顔をする。

「愛してる、千紗」

彼は何度も何度も私を快楽の沼へと突き落とし、そのたびに啼かせては愛を囁いてくれた。

第十章　彼は私の自慢の――

翌日、私たちは揃って母の見舞いに向かった。

私は耀くんが買ってくれたダスティピンクの上品なセットアップとネックレスを着けている。耀くんも白シャツにフォーマルなブラックジャケット姿だ。

病室に入ると、おめかしした私たちを見て母は目を丸くした。

「今日はずいぶん素敵な格好をしているのね」

「ありがとう。この服、耀くんに買ってもらったんだ」

服を見せるようにくるりと回ると、母は「よく似合ってるわ」と褒めてくれた。

「それに、なんだか急に綺麗になったみたい。昨日も会ったはずなのに不思議だわ」

それはきっと、耀くんに愛してもらえたから。

とはいえ説明はできない。首を傾げる母に、私は「メイクのせいじゃない？」と笑ってごまかす。

耀くんが「このあと千紗を食事に連れていくんだ」と話を戻してくれた。

「仲良くオシャレして食事なんて、羨ましいわ」

「退院したらみんなで行こう。そんな気分になれそうなもの、選んできた」

耀くんが手土産の入った紙袋を掲げ、私に手渡す。託された私は「じゃーん」と効果音をつけてラッピングされた箱を取り出した。

「どうしたの、それ？」

包装には母のお気に入りのブランドロゴが印刷されている。目を丸くする母に、私はいたずらっぽく笑った。

「耀くんがね、私のハーバリウムに負けないくらい素敵なお見舞い品を買いたいって。長男の威厳を保つとかなんとか——」

「そこは言わなくていい」

「それで、お母さんが好きなブランドのグッズを買ってきたの。ブランドに頼るのはちょっとずるいよね？」

「千紗」

ちょっぴりいたずらが過ぎてしまい、耀くんの目が怖くなる。

私はまだ手に包帯の残る母の代わりに「開けるね」と断って包装を解いた。

出てきたのはスカーフだ。ロゴマークの上に今年の春夏コレクションで話題になった花柄が施されている。

母は「まあ！　素敵！」と笑顔になった。オシャレ上級者の母なら、このスカーフをうまく取り入れてコーディネートしてくれるに違いない。

「退院したら、これを着けてお食事に行こうね。もしお義父さんも帰ってこられるようなら四人で」

「ええ。元気が湧いてきたわ。早く治して退院しなくちゃ」

母を奮い立たせる効果はばっちりだったようだ。

「千紗、そこに置いてくれる？　毎日それを見て元気出すわ」

私は柄が綺麗に出るようスカーフを折って、ベッドから見える位置に置く。

その間に耀くんは、部屋の隅に立てかけておいた折りたたみチェアをふたつ出してきて、ベッド脇に並べた。

そのひとつに腰かけながら、あらたまって「義母さん」と切り出す。

「俺たち、一緒になろうと思う」

その言葉に、包装紙を片付ける私の手が止まった。

振り向くと、じっと見つめ合う耀くんと母の姿。母の目が驚いたように私と耀くんを行ったり来たりして、やがてゆっくりと細まった。

「そう。よかった。本当によかった」

満面の笑みだった。

母は私の想いに気づいていたのだ。そしてたぶん、耀くんの想いにも。

こうなることを誰よりも望んでくれていた。

「耀くん、千紗をお願いね」

「ああ。絶対に幸せにする」

母は耀くんに柔らかな眼差しを注いだあと、私にちょっぴり険しい目を向けた。

「千紗。耀くんに甘えすぎないようにね。ちゃんと千紗も耀くんを幸せにしなきゃダメなのよ?」

私にだけ祝福より先にお小言が飛んでくるのは、きっと信用度の問題だ……。

「わかってるよ。お母さんみたいになれるように頑張るから」

すかさず耀くんが「それは無理だ」とツッコミを入れる。母も一緒になって「千紗は私にはなれないわよ」とため息をついた。

みんな揃いも揃って私をダメな子扱いして……ムッと頬を膨らませてチェアに座ると、隣に座る耀くんの手が私の頭の上に降ってきた。

「義母さんみたいになってほしいとも思ってない。千紗は千紗でいいんだから」

ぽんぽん、と頭の上で手がバウンドする。母はくすくすと笑って私たちの様子を眺めた。

「私を尊敬してくれるのは嬉しいけど、千紗には千紗のよさがあるの。千紗が私みたいだったら、きっと耀くんは好きになってくれなかったわよ」

耀くんを見上げると、「そうかもしれないな」と答えて苦笑した。

「千紗が義母さんみたいに強い女性だったら、こんなにかまったりしない。心配する必要もないしな」

「そうそう」

ふたりが笑い合っているのは、私をよく知り、受け入れてくれているからこそだ。

「千紗はそのままでいなさい。今の千紗のまま、精一杯耀くんを大切にしてあげて」

母の言葉に背中を押され、私は「はい」と頷く。

今の私を耀くんは受け入れてくれた。誰かになろうとしなくていい、ありのままの私で耀くんを愛していればいいんだ。

私を見守ってくれるふたりの眼差しが温かい。

「親父には今度帰国したら話すよ」

「私の方からそれとなく伝えておくわ。子どもたちの口から直接聞いたら、きっとびっくりして大騒ぎするでしょうし」

「そうしてくれると助かる」

義父も祝福してくれるに違いない。四人で食事ができる日が待ち遠しい。

のんびり世間話をしたあと、私と耀くんは日が傾く前に病室を出た。


病院を出た私たちは、耀くんの車に乗り込みディナーへ出発した。

少し寄り道していいか？　と尋ねられ、まず案内されたのは百貨店。

「千紗にプレゼントしたいものがある」

そう言って向かった先は、このセットアップやネックレスを購入したハイブランドのテナントだ。

「でも私、これも買ってもらったし、ほかに欲しいものなんて――」

ネックレスを持ち上げて言うと、耀くんは「俺の自己満足だ」と宣言してショーケースに向かった。

選んだのはネックレスとお揃いの、小ぶりのダイヤが一粒埋め込まれた上品なリング。シンプルで使いやすいデザインだ。

「もしかして……婚約指輪？」

「いや、これは普段使い用。ずっと千紗に着けていてもらいたい」

スタッフにお願いしてフィッティングさせてもらう。

左手の薬指をプラチナの柔らかな曲線が彩る。ダイヤが上品に輝いて、さりげなく存在を主張している。

「なんていうか……男除けってやつだ」

照れたように言って目を逸らした。耳が赤くなっているのを見て、彼なりの独占欲の現れなのだと理解する。

「私が耀くんのものだっていう証拠？」

「はっきり口にするな。自分の器の小ささを思い知らされる」

耀くんが私をひとり占めしたがっている——ささやかなワガママがかわいくて、嬉しくて、心がうきうきと弾んだ。

「せっかくならペアにしてみる、とか？」

「俺は手術のたびに着け外しするから、失くしそうだな」

ちょっぴり困った顔で言う。普段使いが難しいならペアにしても仕方がない。

でも私も耀くんが自分のものだっていう証が欲しい——しょんぼりしていると、そんな心中を読んだのか、耀くんが耳もとでそっと囁いた。

「指輪がなくても、俺は全部千紗のものだ。浮気なんてしない」

どきんと鼓動が跳ね上がる。

でも、それを言うなら耀くんだって私に指輪を着けさせる意味がない。私はもう耀くんのものだもの。

そう反論しようとして顔を上げると、柔らかな眼差しに先手を打たれた。

「言っただろ。千紗に指輪を着けさせたいのは、俺の自己満足。だいたい千紗は、すぐ男に目をつけられるからな。危なっかしくて気が気じゃない」

ぐうの音も出ず押し黙る。

すると耀くんがスタッフを呼び寄せ、男性用のリングがないか尋ねた。スタッフがすぐさま私とペアのリングを用意してくれる。

「失くしちゃうんじゃ？」

「チェーンをつけてネックレスにしてもらう。失くしにくくはなるだろ」

耀くんがはにかむような笑顔で私の頭をぽんぽんする。なんだかんだ言って、私のお願いを全部叶えてくれる彼はすごい。

……甘やかされちゃってるな。

兄妹のときからそうだったけれど、彼は甘いのだ。大切な人はとことん大事にしなければ気が済まない。

……でも、いっぱい甘えたい。

どこか一線を引いていた兄妹のときとは違って、今なら全力で甘えられる。大好きだと表現できる。

指輪を注文して店を出ると、耀くんが自然な仕草で手を差し出してきた。

繋いでくれるつもりなのだろう。でも私は、その腕にぎゅっとしがみついた。

「千紗？」

いつも控えめに手を握り返す私が、初めて腕に飛びついてきたものだから、耀くんはぱちりと目を瞬いている。

「腕、組んで歩いてみたかったの。恋人同士みたいにぺったりくっついて――」

「『みたいに』じゃないだろ」

耀くんが私の腰を抱き寄せる。よろけた私を胸で受け止めて、額に優しくキスを落とした。

ああ、もう私たちは本物の恋人同士なんだ。

そう実感して幸せが込み上げてくる。

ふにゃふにゃになった顔で耀くんを見上げると、彼も今までにないくらい蕩けた目で私を見つめ返してくれた。

半年が経ち、季節は冬に近づいた。

私は実家に戻り、退院した母と一緒に暮らしている。

耀くんと会える時間は少なくなったけれど、母がそばにいる毎日はそれはそれで幸せだし、なにより左手の薬指には彼からの愛の証が輝いている。

それに、こうして親子ふたりでいられる時間は残り少ない。大切に過ごさなくちゃ。

そう思うと、一日一日が宝物のように思えてくる。

私自身にも少しだけ変化があった。

その日、会社で午前の仕事を片付けた私は、お弁当を持ってデスク脇のミーティングスペースに向かった。

ひと足先に休憩を取っていた笹原さんが携帯端末をいじっている。

テーブルに広げた色とりどりのかわいいお弁当を、端末のカメラでぱしゃりと撮影した。

「今日も彼弁ですか？」

「うん。彼、すっかりお弁当作りにはまっちゃったみたい」

五歳年下の彼氏とはお付き合いが続いていて、家族にも紹介済みなのだとか。

同棲も始めたらしく、最近は愛妻弁当ならぬ愛彼弁当を持ってくるようになった。

「久峰さんの方は？」

「相変わらず親子合作の母子弁です」

「そっか。お母さん、すっかり元気になったみたいでよかったね。手術のときは大変だったんでしょ？」

「その節はお世話になりました」

半年前、母が手術をしたときは、上司にも説明して頻繁に休みを取らせてもらった。今でも通院時に付き添いのためのお休みをもらうなど、融通を利かせてもらっている。

母は元気だからひとりでも大丈夫と言うけれど、すぐ無理をするので私が目を光らせておかなければ。

適度な運動と体にいい食事、疲れを溜めない生活に、たっぷりの睡眠。最近の私は耀くん以上に口うるさいと思う。

「他人事じゃないからね。いつまでも親が元気でいるとは限らないし、私も考えさせられたよ」

それがきっかけで笹原さんは結婚に前向きになり、彼氏を親に紹介したという。

「久峰さんも、それがきっかけなんでしょ？」

私の左手の薬指にちらりと目をやりながら言うので、照れ笑いを浮かべた。

そこへ、パーテーションの向こうから「失礼しまーす」と声が上がった。

開発部の糸川さんだ。あれから二回合コンに誘われているので、私はこっそり警戒した。

「なに？　また久峰さんを誘いに来たの？　めげないねー」

笹原さんも糸川さんの顔を見るなり嫌そうな顔をする。しかし、糸川さんは気にもとめない不屈メンタルの持ち主。

「だってもうすぐ久峰さん結婚しちゃうんでしょ？　今遊んでおかないと一生後悔するよ？　もしかしたらワンチャン、素敵な男性が見つかるかもしれないじゃん？」

強引な理論に呆れた笹原さんが声を上げる前に、私はすかさず口を挟んだ。

「いえ。もう本当に合コンとか興味ないので」

にっこり笑って断ると、さすがの糸川さんも笑顔を引きつらせた。

「ああー……合コンって言うからアレだけど、いわゆる交流会だよ。開発部と総務部の親交を深めようっていう――」

「社内の交流が足りないなら、親睦会を企画しましょうか。全社員参加で」

面倒くさい社内行事がひとつ増えそうになって、糸川さんが慌てていやいやいやと首を振る。

「そういう堅っ苦しいやつじゃなくて、久峰さんと仲良くなりたいんだよー」

「そういうのは結構です」

取り付く島もなく断ると、糸川さんはもちろん、笹原さんまで意外そうな顔をした。

「なんか婚約してから久峰さん、辛口になったよねえ?」

糸川さんが頬をぽりぽりかきながら呟く。

「興味のないことはちゃんと断らなきゃ、逆に失礼だって気づいたんです」

『ときには拒むことも覚えないと』――宇郷さんに言われた言葉だ。

他人に嫌われるのを恐れるあまり、みんなにいい顔をしようとしていた。その結果、誤解を生むことも多かった。

でも私は私でいい、愛してくれる人はちゃんといて、全員に好かれようとする必要はないんだ、そう気づいてからはきちんと拒めるようになった。

私を認めてくれる耀くんや両親がいてくれれば、それだけで幸せ。もちろん笹原さんや宇郷さん、部長たちとも良好な関係が築けている。

誰かに合わせて笑顔を作らなくてもいい。私なりに取捨選択していけばいいのだとわかったのだ。

「それから、ワンチャンはありえません」

耀くん以上に素敵な男性に巡り会えるわけがない。

きっぱり言い切ると、糸川さんはおずおずとパーテーションの奥に戻っていった。

「なんか痛快だったわねー」

笹原さんが楽しそうにお弁当の玉子焼きを口に運ぶ。

ちらりとデスクの方を見ると、宇郷さんがこっそりと口もとを緩めていた。


家に帰ると母がテーブルに所狭しとお料理を並べていた。

炊き込みご飯に焼き魚に煮物、酢の物、和え物、お吸い物、極めつけはお饅頭まで。

和食のオンパレードだ。お饅頭まで手作りしたの？

「どうしちゃったの？」

「リハビリみたいなものよ。手術をしてしばらくは単純作業しかできなかったんだけど、今なら並行作業もできる気がしたの」

料理って頭を使う。冷蔵庫にある食材でなにが作れるか、限られた時間でいかに効率よく作業を進められるか、複数の料理を同時進行させるための段取りや、隙間時間を使った洗い物など、脳をフル活用しなければこなせないのだ。

手術直後は頭を使うとすぐ疲れてしまっていたみたいだけれど、段取りよく調理を進められるくらいに回復したみたいだ。

「だいぶ勘を取り戻したみたい」

「よかった。……でも、無理したんでしょ？」

私がちらりと覗き込むと、母はさっと目を逸らした。きっと疲れた自覚があるのだろう。私は「もう」と頬を膨らませて苦笑する。

「それにこんなにたくさん、食べられる？　明日のお弁当はお重かも」

「だって、千紗とふたりでご飯を食べられるのも、あとちょっとでしょ？」

母が嬉しいような寂しいような笑みを浮かべて言う。

もうすぐ義父が海外出張から帰ってくる。そうしたら私はこの家を出て、耀くんと一緒に暮らす予定だ。

寂しくなったらいつでも会える距離とはいっても、娘がお嫁に出るというのは感慨深いのだろう。

「いっぱい遊びに来ればいいよ。休日は一緒に買い物もしよう。耀くんもここに連れてくるし」

「ええ。結婚式も楽しみ」

半年後には結婚式も予定している。身内だけでささやかな式を挙げる予定だ。

「四人だけの挙式で本当にいいの？」

「うん。家族水入らずでお祝いしたいねって」

人をたくさん呼んで賑やかに祝うより、心から大切な人と過ごしたい——それが私と耀くんの願い。

ちなみに『千紗のドレス姿を他人に見せびらかしたくない』と独占欲を丸出しにする耀くんと、『娘息子たちの晴れ姿を周囲に自慢したい』と主張する義父とでひと悶着あったけれど、ウエディングフォトを撮って配ることで合意した。

「さて。本当にお重弁当になっちゃいそうだし、耀くんにも声をかけてみましょうか。今日はお仕事、終わってるかしら」

母がそんなことを言い出したので、私はふふふと笑う。

「結局、私とふたりのご飯じゃなくなっちゃうじゃない」

「その方が千紗も嬉しいんでしょ？」

母が冷やかすように言う。もちろん、家族みんなで食べるご飯が一番嬉しい。

私はメッセージアプリに【ご飯食べに来られる？】と打ち込む。テーブルの上に並ぶ豪華な和食の写真もつけて。

食べ始めてしばらくすると【これから行く】と返信が来た。明日はお重にならなくて済みそうだ。

家に到着した耀くんは、「また無理をして」と母にお小言を漏らしながらも、おいしそうにご飯を食べていた。


一年が経ち、耀くんは三十四回目の誕生日を迎えた。

私はキッチンで張り切って腕を振るう。耀くんがおいしいと言ってくれた煮込みハンバーグに、チーズやお刺身の載ったビネガーサラダ、フルーツケーキも手作りした。

ちらりとリビングの時計を見ると、もうすぐ二十一時。

トラブルがなければ、もうとっくに帰ってきてるはずの時間なんだけれど。

……今帰ってこないってことは、きっとなにかあったのよね。

あれから耀くんは脳外科医として腕に磨きをかけ、手術依頼がひっきりなしにくるようになった。院内の〝天才〟から世界レベルの〝天才〟に格上げされた——とは土岐田さんの談。

地方の病院に赴き手術をしたり、学会や講演のために出張する日も増えた。

緊急手術で呼び出されることもしばしば。

一緒にいられる時間は以前よりも減ってしまってちょっぴり寂しいけれど、それ以上に誇らしい。

私の夫は人の命を救う立派な仕事をしている。たくさんの人から必要とされている。そんな人の支えになれるなんて、こんなに幸せなことはない。

ディナーを作り終えた私は、リビングの飾り棚の前に立った。

一番目立つ場所には、立派なフレームに入った家族写真。半年前に撮影したもので、私はウエディングドレス、耀くんはタキシード、両親はブラックのフォーマルウェアを着ている。

その隣にあるウエディングフォトブックの表紙は、耀くんが私をお姫様抱っこしている写真。ロングトレーンのドレスを選んだから、裾が重いって苦戦していたっけ。

思い出してくすくす笑いながら、視線を横に移動した。

隣には土岐田さんからもらった結婚祝いのペアグラスが飾られている。高級ブランドのシャンパングラスでふたりの名前入り。

普段は大事に飾ってあるのだけれど、お祝いのときはこれでシャンパンを飲むと決めている。

そしてその隣には、六歳の患者さんがクレヨンで書いてくれた絵手紙。

【ひさみねせんせいへ　あたまをなおしてくれてありがとう　こうた】と書かれている。

サッカーボールを蹴る男の子の絵は、きっとこうたくん自身だろう。その横でにこにこ笑っている白衣の先生は耀くん。

耀くんがこの子の未来を繋いだ。今頃こうたくんは、元気になってサッカーをしているに違いない。将来は偉大なサッカー選手になるかもしれない。

そう思うたび、私は誇らしい気持ちになる。

耀くんがなかなか帰ってこられなくて寂しい気持ちがよぎると、こうしてこの絵を見て思い出す。耀くんは今、誰かを救うために闘っているのだと――。

そのとき、玄関のドアが開く音がした。「ただいま」という声を聞いてリビングを飛び出す。

廊下の角を曲がると、大きな薔薇の花束を抱えた耀くんが革靴を脱いでいた。今日は耀くんの誕生日で、プレゼントをもらう側なのに、どうして花束を？

「もしかして、誰かからもらったの？」

だとしたら一大事だ。しかし、耀くんは静かに首を振る。

「違うよ。俺から千紗に」

そう言って困惑する私に花束を差し出した。

「遅くなってごめん。手術が長引いて」

「もしかして、お詫び？　いいんだよ、私に気を遣わなくったって――」

すると耀くんが顔を近づけてきて、唇の先に軽く触れた。ちゅっという音を立てて吸い付き、呆然とする私に甘い眼差しを注ぐ。

「お詫びじゃなくて、お礼。おいしいディナーを用意して待っていてくれたんだろ？」

きゅっと花束を抱きしめると、薔薇の香りがふんわりと広がった。

彼の手が腰に回る。花束ごと私を抱きしめ、温もりと甘美な香りで私を包み込む。

「千紗がいてくれるから、俺は俺でいられる」

「幸せだから待っていられるんだよ」

彼がいない時間も私は幸せいっぱいだ。

彼が一生懸命頑張っているとわかるから。遠くで想ってくれていると伝わるから。

「耀くん。お誕生日おめでとう」

今日は珍しく私から背伸びをして、彼の唇に口づける。

彼から教わった大人のキス。私の仕草や癖、ひとつひとつに彼との思い出が詰まっている。

今だけじゃない。子どもの頃からずっと、私の人生は彼を中心に回っていたから。

「乾杯しようか。今夜は飲めそうだ」

キスの合間に蕩けた声で囁く。

「特別なグラス、出してくるね」

ちゅっと音を立ててキスを終わらせると、花束を抱えたまま身を翻した。

お花を花瓶に入れて、シャンパンを冷やして、飾り棚にあるいただきもののグラスを用意して——やることを頭に並べていると、「千紗」と呼び止められた。

「バースデープレゼントは千紗がいい」

彼にしては珍しく甘えた顔をして、かわいいワガママを言う。

ディナーにシャンパンにケーキに、一応プレゼントのキーケースも用意してあるのだけれど、それだけじゃ足りないみたい。

愛する彼のバースデーに、この身を捧げられるなら本望だ。ふふっと笑って人差し指を唇に当てた。

ケーキのあとに、たんと召し上がれ。そんなメッセージを込めて。

END

あとがき

こんにちは、伊月ジュイです。義兄と天才脳外科医をテーマにしたラブストーリー、楽しんでいただけたでしょうか。

本作のヒーロー・耀は『ストーカー引き寄せ体質』の義妹を徹底して守る溺愛義兄。出だしからたっぷり愛情を注ぎながらも、禁断ともいえる感情とどう向き合っていくべきか、とにかく悩んでいます。

くっつきそうでくっつかない、焦れ焦れな恋愛模様を楽しんでもらえると幸いです。そんな中で耀のドクターとしての矜持だったり、真面目でストイックなところにもきゅんとしてもらえたら嬉しいです。

最後になりましたが、出版にあたりお世話になったマーマレード文庫編集部のみなさま、担当様、表紙を描いてくださった亜子様。本当にありがとうございました。

そして本作品を通じて出会えたみなさまに、なによりの感謝を！

伊月ジュイ

マーマレード文庫

義妹を愛しすぎた天才脳外科医は、秘めた熱情を一滴残さず注ぎ尽くす

2023年8月15日　第1刷発行　定価はカバーに表示してあります

著者　伊月ジュイ　©JUI IZUKI 2023
編集　株式会社エースクリエイター
発行人　鈴木幸辰
発行所　株式会社ハーパーコリンズ・ジャパン
東京都千代田区大手町1-5-1
電話　03-6269-2883（営業）
0570-008091（読者サービス係）
印刷・製本　中央精版印刷株式会社

Printed in Japan ©K.K. HarperCollins Japan 2023
ISBN-978-4-596-52266-5

m a r m a l a d e b u n k o